달 달 읽고 곰곰 생각하는

달곰한 문해력

초등 독해

달곰한 문해력 초등 독해
교과 연계 필독 도서를 수록했어요

📖 1단계

도서	출판사	교과 연계
안데르센 동화집 2	시공주니어	과학 3-1 동물의 한살이
책이 사라진 날	한솔수북	국어 1-2 소중한 책을 소개해요
또박또박 반갑게 인사해요	상상스쿨	국어 1-1 다정하게 인사해요
내가 하는 말이 왜 나빠?	리틀씨앤톡	국어 1-1 고운 말을 해요
말놀이 동시집	비룡소	국어 1-2 재미있게 ㄱㄴㄷ
광개토 대왕	비룡소	국어 2-2 인물의 마음을 짐작해요
허난설헌	비룡소	사회 3-2 시대마다 다른 삶의 모습

📖 2단계

도서	출판사	교과 연계
춘향전	보리	국어 3-1 내 마음을 편지에 담아
멋지다! 얀별 가족	노루궁뎅이	사회 3-2 가족의 구성과 역할 변화
빨간 머리 앤	시공주니어	도덕 3 친구는 왜 소중할까요
아홉 살 마음 사전	창비	국어 2-1 마음을 나타내는 말
큰 기와집의 오래된 소원	키위북스	사회 3-2 시대마다 다른 삶의 모습
선덕 여왕	비룡소	국어 2-2 인물의 마음을 짐작해요
이순신	비룡소	국어 2-2 인물의 마음을 짐작해요
내일도 발레	별숲	체육 3 건강 활동

📖 3단계 Ⓐ, Ⓑ

도서	출판사	교과 연계
간서치 형제의 책 읽는 집	개암나무	국어 4-2 독서 감상문을 써요
엉뚱이 소피의 못 말리는 패션	비룡소	도덕 4 아름다운 사람이 되는 길
어린이를 위한 슬기로운 미디어 생활	우리학교	국어 5-2 여러 가지 매체
꼴찌 없는 운동회	내인생의책	도덕 4-2 힘과 재물을 모아서
우리 동네 별별 가족	아르볼	사회 4-2 사회 변화와 문화의 다양성
날씬해지고 말 거야!	팜파스	도덕 4-1 아름다운 사람이 되는 길
세상을 바꾼 착한 부자들	상상의집	국어 2-2 자세하게 소개해요
옛날 관청과 공공시설	주니어중앙	사회 5-2 옛사람들의 삶과 문화
단추 마녀의 수상한 식당	키다리	체육 4 건강 활동
생각하는 올림픽 교과서	천개의바람	체육 4 경쟁
내 용돈, 다 어디 갔어?	팜파스	사회 4-2 필요한 것의 생산과 교환
거인 부벨라와 지렁이 친구	주니어RHK	도덕 3 나와 너, 우리 함께
이중섭	시공주니어	미술 3 미술가와 작품 이야기
행복한 왕자	비룡소	국어 3-1 문학의 향기
모차르트	비룡소	음악 5 음악으로 만드는 어울림
따끔따끔 우리가 전기에 중독되었다고?	영수책방	과학 3 물질의 성질
김홍도	주니어RHK	미술 4 다양한 미술과의 만남
존댓말을 잡아라	파란정원	국어 3-1 알맞은 높임 표현
폴리처 선생님네 방송반	주니어김영사	국어 3-1 어떤 내용일까
알면 보물 모르면 고물, 지도	아르볼	사회 4-1 지역의 위치와 특성
지역 이기주의 님비 현상	뭉치	사회 4-1 지역의 공공기관과 주민 참여
다른 게 틀린 건 아니잖아?	양철북	사회 4-2 사회 변화와 문화의 다양성
조선 선비 유길준의 세계 여행	비룡소	사회 4-2 사회 변화와 문화의 다양성
자석 총각, 끌리스	해와나무	과학 3-1 자석의 이용
그해 유월은	스푼북	사회 5-2 사회의 새로운 변화와 오늘날의 우리
경국대전을 펼쳐라	책과함께어린이	사회 5-2 옛사람들의 삶과 문화

📖 4단계 Ⓐ, Ⓑ

도서	출판사	교과 연계
애덤 스미스 아저씨네 경제 문구점	주니어김영사	사회 4-2 필요한 것의 생산과 교환
코피 아난 아저씨네 푸드 트럭	주니어김영사	사회 5-2 사회의 새로운 변화와 오늘날의 우리
과학관으로 온 엉뚱한 질문들	정은문고	과학 5-2 생물과 환경
어린이를 위한 슬기로운 미디어 생활	우리학교	도덕 5 밝고 건전한 사이버 생활
은하마을 수비대의 꿈꾸는 도시 연구소	주니어김영사	사회 4-2 촌락과 도시의 생활 모습
똥 묻은 세계사	다림	사회 5-2 함께 살아가는 지구촌
조선의 여걸 박씨부인	한겨레아이들	사회 5-2 옛사람들의 삶과 문화
뻥이오, 뻥	문학동네	도덕 5 갈등을 해결하는 지혜
사자와 마녀와 옷장	시공주니어	국어 4-2 이야기 속 세상
모모	비룡소	도덕 3 아껴 쓰는 우리
악플 바이러스	좋은꿈	도덕 5 밝고 건전한 사이버 생활
후설	한국고전번역원 승정원일기번역팀	사회 5-2 옛사람들의 삶과 문화

📖 4단계 Ⓐ, Ⓑ

도서	출판사	교과 연계
칠 대 독자 동넷개	창비	국어 5-2 함께 연극을 즐겨요
오즈의 마법사	비룡소	과학 6-2 우리 몸의 구조와 기능
이모와 함께 도란도란 음악 여행	토토북	음악 4 음악, 모락모락 사랑
로봇 박사 데니스 홍의 꿈 설계도	샘터	과학 5-2 생물과 환경
좋은 돈, 나쁜 돈, 이상한 돈	창비	사회 4-2 필요한 것의 생산과 교환
팔만대장경과 불타는 사자	리틀씨앤톡	사회 5-2 옛사람들의 삶과 문화
프린들 주세요	사계절	사회 4-1 사전은 내 친구
한국사편지 1	책과함께어린이	사회 5-2 옛사람들의 삶과 문화
안네의 일기	효리원	도덕 5 갈등을 해결하는 지혜

📖 5단계 Ⓐ, Ⓑ

도서	출판사	교과 연계
모로 박사의 섬	–	도덕 3 생명을 존중하는 우리
몬스터 차일드	사계절	도덕 5 인권을 존중하며 함께 사는 우리
담배 피우는 엄마	시공주니어	국어활동 4 수록 도서
맛의 과학	처음북스	과학 6-2 연소와 소화
우리 문화 박물지	디자인하우스	미술 5 아름다운 전통 미술
잘못 뽑은 반장	주니어김영사	사회 6-1 우리나라의 정치 발전
내가 사랑한 서양 고전	연암서가	국어 5-1 작품을 감상해요
허생전	–	사회 6-1 우리나라의 경제 발전
레 미제라블	비룡소	국어 5-1 작품을 감상해요
너의 운명은	푸른숲주니어	사회 5-2 사회의 새로운 변화와 오늘날의 우리
청소년을 위한 삼국유사	서해문집	사회 5-2 옛사람들의 삶과 문화
내가 사랑한 동양 고전	연암서가	국어 5-1 작품을 감상해요
내 이름을 들려줄게	단비어린이	사회 5-1 인권 존중과 정의로운 사회
과학관으로 온 엉뚱한 질문들	정은문고	도덕 5 긍정적인 생활
인형의 집	비룡소	국어 5-1 작품을 감상해요
우리 학교가 사라진대요!	마음이음	사회 5-2 사회의 새로운 변화와 오늘날의 우리
외로우니까 사람이다	창비	국어 5-1 작품을 감상해요
파브르 곤충기	현암사	과학 5-1 다양한 생물과 우리 생활
우리말 모으기 대작전 말모이	푸른숲주니어	국어 5-2 우리말 지킴이
왕자와 거지	시공주니어	국어 5-1 작품을 감상해요
톰 아저씨의 오두막집	효리원	도덕 5 인권을 존중하며 함께 사는 우리
101가지 세계사 질문사전 2	북멘토	사회 5-1 인권 존중과 정의로운 사회
사피엔스	김영사	과학 5-2 생물과 환경
변신	푸른숲주니어	국어 5-1 주인공이 되어
유토피아	–	사회 6-2 세계 여러 나라의 자연과 문화
베니스의 상인	–	도덕 5 갈등을 해결하는 지혜
그리스 로마 신화	–	국어 5-1 작품을 감상해요

📖 6단계 Ⓐ, Ⓑ

도서	출판사	교과 연계
돈키호테	비룡소	사회 5-2 옛사람들의 삶과 문화
사피엔스	김영사	도덕 5 내 안의 소중한 친구
아이, 로봇	우리교육	실과 6 발명과 로봇
가자에 띄운 편지	바람의아이들	사회 6-2 통일 한국의 미래와 지구촌의 평화
동물 농장	비룡소	사회 6-1 우리나라의 정치 발전
위대한 철학 고전 30권을 1권으로 읽는 책	빅피시	사회 6-1 우리나라의 정치 발전
101가지 세계사 질문사전 2	북멘토	사회 6-2 통일 한국의 미래와 지구촌의 평화
이기적 유전자	을유문화사	과학 5-1 다양한 생물과 우리 생활
내가 사랑한 동양 고전	연암서가	국어 6-1 비유하는 표현
5번 레인	문학동네	도덕 5 갈등을 해결하는 지혜
모럴 컴뱃	스타비즈	도덕 5 밝고 건전한 사이버 생활
너의 운명은	푸른숲주니어	사회 5-2 사회의 새로운 변화와 오늘날의 우리
담을 넘은 아이	비룡소	사회 5-2 옛사람들의 삶과 문화
셰익스피어 이야기	비룡소	국어 6-2 함께 연극을 즐겨요
왕자와 거지	시공주니어	사회 5-1 인권 존중과 정의로운 사회
참을 수 없는 존재의 MBTI	디페랑스	도덕 4 함께 꿈꾸는 무지개 세상
체르노빌의 아이들	프로메테우스	사회 6-2 통일 한국의 미래와 지구촌의 평화
체리새우: 비밀글입니다	문학동네	도덕 5 내 안의 소중한 친구
우리 문화 박물지	디자인하우스	사회 5-2 옛사람들의 삶과 문화
프랑켄슈타인	–	도덕 5-1 인권 존중과 정의로운 사회
진달래꽃	–	국어 6-1 비유하는 표현
내가 사랑한 서양 고전	연암서가	국어 6-1 인물의 삶을 찾아서

책을 많이 읽으면 문해력이 저절로 높아질까요?

독해 교재를 여러 권 풀어 보면 해결될까요?

'달곰한 문해력'이 방법을 알려 줄게요.

흥미로운 생각주제로 연결된 두 개의 글을 읽어 보세요.

재미난 문학 글을 먼저 읽고~ 비문학 글을 읽으며 정리해 보세요.

우리에게 필요한 생각과 지식이 차곡차곡 쌓입니다.

달달 읽고 곰곰 생각하는 힘!

이제 '달곰한 문해력'으로 길러 볼까요?

이 책의 구성과 특장

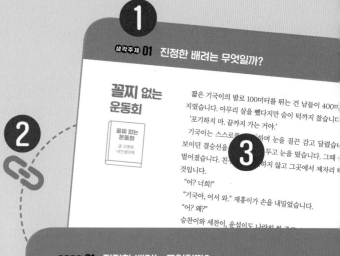

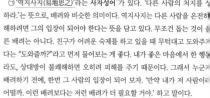

❶ 생각주제

질문형으로 주제를 제시하여 읽을 글에 대한 호기심을 가질 수 있어요.

❷ 주제 연결 독해

하나의 주제로 연결된 2개의 글 읽기로 생각하는 힘이 자라요.

❸ 생각글 1

생각주제에 관한 문학, 고전, 사회 현상 등의 다양한 글을 읽어요.

❹ 생각글 2

생각주제와 관련된 꼭 알아야 할 개념을 읽고 생각을 넓혀요.

❺ 내용 요약

생각글의 중심 내용을 정리하고 핵심 어휘를 익혀요.

❻ 독해 문제 학습

내용 이해, 글의 구조 파악, 적용, 추론 등 독해 활동 문제를 풀어요.

❼ 주제 문해력 학습

2개의 생각글을 바탕으로 생각주제를 정리하고, 문제를 풀며 문해력을 키워요.

❽ 주제 어휘 학습

생각글에 나온 주제 어휘만 모아서 뜻을 익히고 활용해 보아요.

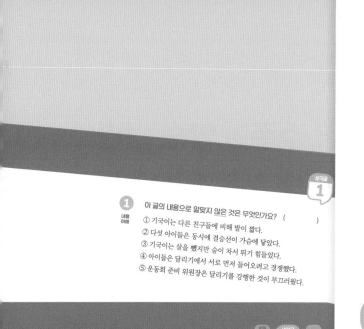

생각글 1

① 내용이해 이 글의 내용으로 알맞지 않은 것은 무엇인가요? (　　　)
① 기국이는 다른 친구들에 비해 발이 짧다.
② 다섯 아이들은 동시에 결승선이 가슴에 닿았다.
③ 기국이는 살을 뺐지만 숨이 차서 뛰기 힘들었다.
④ 아이들은 달리기에서 서로 먼저 들어오려고 경쟁했다.
⑤ 운동회 준비 위원장은 달리기를 강행한 것이 부끄러웠다.

생각글 2

① 중심내용 이 글에서 설명하는 중심 낱말은 무엇인가요? (　　　)
① 사랑　　② 배려　　③ 마음
④ 이해　　⑤ 울타리

② 내용이해 배려에 대한 설명으로 알맞은 것을 두 가지 찾아 ○표 하세요.
(1) 모든 배려는 무조건 좋은 것이다. (　　　)
(2) 상황에 따라서 배려는 안 [   ] 다. (　　　)
(3) 배려는 상대방을 위한 [   ]한 것이다. (　　　)
(4) 일상생활에서 배려를 반 [   ] 자연스럽게 습관이 된다. (　　　)

③ 적용하기 ㉠'역지사지'의 예로 알맞은 것을 고르세요. (　　　)
① 그 사람은 뒤늦게 노력한 만큼 성공했다.
② 처음에는 기대를 한 몸에 받았으나 꼴찌로 들어왔다.
③ 모임에 사람이 많을수록 좋으니까 여러 사람에게 연락했다.
④ 버스에서 임신부의 몸이 얼마나 무거울지 생각하여 자리를 양보했다.
⑤ 지난날에는 나쁜 짓을 했지만, 이제는 어려운 사람을 도우며 살고 있다.

④ 적용하기 이 글에 나온 배려의 의미를 잘 이해하지 못한 친구의 이름을 쓰세요.

> 바쁜 부모님을 대신해 우편물을 내가 찾아와야겠어.

> 미국에서 온 친구가 학교에 잘 적응하도록 [   ]

> 선생님께 어리광을 [   ]

익힘 학습

주제 어휘	사태	배려	상황	이해	베풀다

사태	사토
배신	배
상황	당
오해	이

4 다음 뜻에 알맞은 주제 어휘에 ○표 하세요.
(1) 일이 되어 가는 상황.
(2) 관심을 가지고 보살펴 주는 것.
(3) 어떤 일이 되어 가는 형편이나 모양.
(4) 남의 사정이나 마음을 잘 알아주는 것.

5 다음 빈칸에 공통으로 들어갈 낱말을 주제 어휘에서 찾아 쓰세요.
(1) • 경기 [　　　]이 우리 팀에 유리하였다.
　　• [　　　]이 불리해져서 손을 쓸 수 없을 정도였다.　→ [　　]
(2) • 집에 올 손님을 [　　　]하여 미리 청소했다.
　　• 몸이 불편한 사람을 먼저 [　　　]해야 한다.　→ [　　]

6 다음 밑줄 친 말과 뜻이 비슷한 낱말을 주제 어휘에서 찾아 쓰세요.

> 오늘은 혼자 사시는 노인분들의 집에 쌀과 김치를 가져다드리는 [   ]동을 했다. 김치와 쌀이 제법 무거웠지만, 마음만은 깃털처럼 가벼 [   ] 이 우리를 마치 친손자와 친손녀를 만난 듯 예뻐해 주셔서 헤어지 [   ] [   ]한 사랑을 나누다 집에 오니 뿌듯했다.

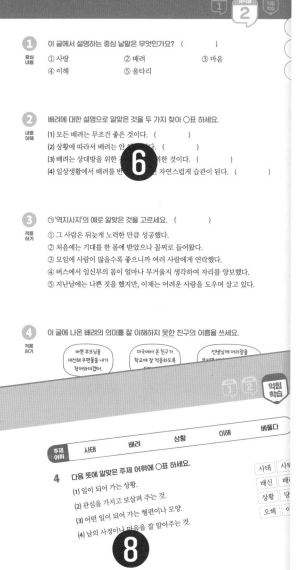

하나의 주제로 연결된 2개의 글 읽기로 진짜 문해력을 키워 보세요~!

Q '주제 연결 독해'란 무엇인가요?

초등학교 교과 과정의 주요 주제를 바탕으로 연결된 2개의 글을 읽고 문제를 푸는 독해 학습 방법이에요.

Q '주제 연결 독해'의 학습 효과는 무엇인가요?

주제 연결 독해를 반복하면 생각하는 힘이 길러지고, 이를 통해 진정한 문해력을 키울 수 있답니다.

Q 왜 문학과 비문학을 함께 수록했나요?

초등 과정에서는 문학, 현상, 개념 등의 다양한 글을 읽음으로써 지식을 쌓는 연습이 필요해요.

Q '생각주제'가 질문형인 이유는 무엇인가요?

질문형 주제를 보면 주제에 대한 흥미가 생기고, 주제에 대한 답을 찾는다는 목적을 가지고 글을 읽으면 집중도가 높아집니다.

Q 짧은 글 읽기로도 문해력이 길러지나요?

주제별 2개의 글을 읽고 익힘 학습으로 두 글을 정리하면 생각하고 표현하는 힘, 즉 '문해력'이 길러집니다.

이 책의 활용법

독해 **성취 수준**과 **학습 방법**에 따라
자신만의 **학습 계획**을 세워 공부할 수 있어요.

생각주제 **6**쪽

생각글 **1**

생각글 **2**

익힘 학습

차근차근 **60**일 완성

하루 2쪽
생각글 1을
꼼꼼히 읽고
문제를 풀어요.

하루 2쪽
생각글 2를
읽고 생각주제의
개념지식을 쌓아요.

하루 2쪽
앞의 두 생각글을
다시 읽고 문해력,
어휘력을 키워요.

탄탄하게 **40**일 완성

하루 4쪽
생각글 1과 **생각글 2**를 읽고
생각주제에 대한 내 생각을
정리해 봐요.

하루 2쪽
앞의 두 생각글을
다시 읽고 문해력,
어휘력을 키워요.

빠르게 **20**일 완성

하루 6쪽
생각글 1과 **생각글 2**를 읽고
생각주제에 대한 내 생각을 정리해 봐요.
익힘학습을 할 때는 생각글의 내용을 떠올리며 문제를 풀어 보아요.

초등 국어 **교과서 기획위원**과
현직 초등교사가 만들었어요.

기획진

- **방은수 교수님**   서울교육대학교 국어교육과 교수 | 초등 국어 교과서 기획위원
- **김차명 선생님**   광명서초등학교 교사 | 참쌤스쿨 대표 | 경기실천교육교사모임 회장 | (전) 경기도교육청 장학사
- **김택수 교수님**   경희사이버대학교 한국어문화학부 교수 | 경인교육대학교 유아교육과 강사 | 전국교사교육마술연구회 스텝매직 대표
  | (전) 초등학교 교사
- **정미선 선생님**   서울시교육청 자문관 (독서토론 분야) | (전) 중학교 국어 교사
- **최고봉 선생님**   인제남초등학교 교사 | 독서교육 전문가 | Yes24 한 학기 한 권 읽기 선정위원

집필진

- **강서희 선생님**   서울신흥초등학교 교사 | 한국교원대학교 국어교육 학사, 석사, 박사 | 2015, 2022 개정교육과정 국어 교과서 집필
- **공은혜 선생님**   서울보라매초등학교 교사 | 서울교육대학교 국어교육 학사, 서울교육대학교 초등국어교육 석사 | 2009 개정교육과정 국어 교과서 집필
- **김경애 선생님**   서울목동초등학교 교사 | 서울교육대학교 국어교육 학사, 서울교육대학교 초등국어교육 석사 | 2015 개정교육과정 국어 교과서 집필
- **김나영 선생님**   대전반석초등학교 교사 | 목원대학교 음악교육 학사, 한국교원대학교 음악교육 석사, 서울교육대학교 초등음악교육 박사 과정
- **김성은 선생님**   서울역촌초등학교 교사 | 서울교육대학교 국어교육 학사, 서울교육대학교 초등국어교육 석사
- **김일두 선생님**   용인백암초수정분교장 교사 | 한국교원대학교 초등교육 학사, 한국교원대학교 초등사회과교육 석사
- **박다빈 선생님**   서울연은초등학교 교사 | 서울교육대학교 초등교육 학사, 서울교육대학교 인공지능교육 석사
- **신다솔 선생님**   숙명여자대학교 국어국문학 학사, 서울대학교 국어교육 석사, 박사 과정
- **양수영 선생님**   서울계남초등학교 교사 | 서울교육대학교 국어교육 학사, 서울교육대학교 초등국어교육 석사 | KERIS 초등국어교육 영상콘텐츠 제작
- **윤주경 선생님**   서울삼릉초등학교 교사 | 경인교육대학교 영어교육 학사, 서울교육대학교 초등사회과교육 석사
- **윤혜원 선생님**   서울대명초등학교 교사 | 서울교육대학교 초등교육 학사 | 2019~2022년 전국 기초학력평가 국어과 문항 검토위원 팀장
- **이지윤 선생님**   대구새론초등학교 교사 | 한국교원대학교 초등교육 학사, 한국교원대학교 문학교육 석사 | 2022 개정교육과정 국어 교과서 집필
- **이지현 선생님**   서울석관초등학교 교사 | 서울교육대학교 초등교육 학사, 서울교육대학교 초등국어교육 석사
  | 2015, 2022 개정교육과정 국어 교과서 집필
- **이혜경 선생님**   군산초등학교 교사 | 서울교육대학교 과학교육 학사
- **이희송 선생님**   서울명원초등학교 교사 | 서울교육대학교 초등교육 학사, 서울교육대학교 초등교육행정 석사
- **정혜린 선생님**   서울구룡초등학교 교사 | 서울교육대학교 국어교육 학사, 서울교육대학교 초등국어교육 석사
  | 2015 개정교육과정 부록 '순화어 지도 자료' 집필, 2022 개정교육과정 국어 교과서 집필
- **진 솔 선생님**   청주금천초등학교 교사 | 한국교원대학교 국어교육 학사, 한국교원대학교 초등국어교육 석사, 박사
  | 2022 개정교육과정 국어 교과서 집필

5

이 책의 차례

1장

생각주제

2개의 글을 연결해 재미있게 읽어요~

꼴찌 없는 운동회

꼴찌 없는 운동회
글 고정욱
내인생의책

짧은 기국이의 발로 100미터를 뛰는 건 남들이 400미터 뛰는 거나 마찬가지였습니다. 아무리 살을 뺐다지만 숨이 턱까지 찼습니다.

'포기하지 마. 끝까지 가는 거야.'

기국이는 스스로를 채근*하며 눈을 질끈 감고 달렸습니다. 그렇게 멀게만 보이던 결승선을 10미터 앞에 두고 눈을 떴습니다. 그때 놀라운 일이 눈앞에 벌어졌습니다. 친구들이 골인하지 않고 그곳에서 제자리 뛰기를 하고 있었던 것입니다.

"어? 너희!"

"기국아, 어서 와." 재홍이가 손을 내밀었습니다.

"어? 왜?"

승찬이와 세찬이, 윤섭이도 나란히 한 줄로 손을 잡았습니다.

㉠"너희 뭐 하는 거야? 왜 골인 안 했어?"

다섯 아이가 운동장 트랙* 위를 걷기 시작했습니다. 그걸 본 사람들은 모두 조용해졌습니다. 이게 무슨 일인지 영문을 알 수 없었기 때문입니다. 가장 먼저 이 사태*를 파악한 건 담임 선생님이었습니다.

"기국이, 재홍이, 승찬이, 세찬이, 윤섭이 멋지다! 내 새끼들!"

선생님이 눈물을 글썽이며 박수를 치기 시작하자, 비로소 응원하던 가족들 모두 감동의 박수를 치기 시작했습니다.

아이들은 누구도 먼저 들어가지 않고 다 같이 골인하려고 계획을 했던 것입니다. 엄마들은 눈물을 닦아 냈습니다. 기국이도 눈물을 흘리며 걸었습니다. 자신을 기다려 준 친구들이 너무 고마웠습니다.

달리기를 빼 주지 못했던 운동회 준비 위원장 철민이 형네 아빠는 이 장면을 애써 외면했습니다. 이렇게까지 서로를 배려*하는 아이들을 보면서, 달리기를 강행*했던 사실이 너무나 부끄러웠기 때문입니다.

다섯 아이들은 천천히 기국이의 발걸음에 맞춰서 걸음을 걸었습니다. 8미터, 7미터, 6미터…… 드디어 결승선이 눈앞에 보였습니다. 동시에 결승선이 다섯 아이의 가슴에 닿았습니다.

어휘사전

* **채근** 일이나 행동을 빨리하도록 조르는 것.
* **트랙**(track) 육상 경기장이나 경마장에서 선수나 말이 따라 달리는 길.
* **사태** 일이 되어 가는 상황.
* **배려** 관심을 가지고 보살펴 주는 것.
* **강행**(強 강할 강, 行 다닐 행) 어떤 일을 짧은 시간 안에 무리하게 이루려고 하는 것.

1

내용
이해

이 글의 내용으로 알맞지 <u>않은</u> 것은 무엇인가요? (   )

① 기국이는 다른 친구들에 비해 발이 짧다.

② 다섯 아이들은 동시에 결승선이 가슴에 닿았다.

③ 기국이는 살을 뺐지만 숨이 차서 뛰기 힘들었다.

④ 아이들은 달리기에서 서로 먼저 들어오려고 경쟁했다.

⑤ 운동회 준비 위원장은 달리기를 강행한 것이 부끄러웠다.

2

추론
하기

㉠에 담긴 기국이의 마음으로 가장 알맞은 것은 무엇인가요? (   )

① 친구들이 도와줘서 짜증이 난다.

② 자신을 배려해 준 친구들이 고맙다.

③ 자신에게 피해를 준 친구들이 밉다.

④ 자신이 일 등을 하지 못해 당황스럽다.

⑤ 자신을 배려해 주지 않은 어른들이 원망스럽다.

3

적용
하기

이 글과 **보기**의 이야기가 공통으로 주는 교훈을 골라 번호를 쓰세요.

┤ **보기** ├

　어두운 길을 걷던 한 사람이 맞은편에서 등불을 들고 오는 사람을 만났어요. 등불을 든 사람은 앞을 못 보는 사람이었지요.

　"당신은 앞이 보이지 않는데, 왜 등불을 들고 다니나요?"

　그러자 앞을 못 보는 사람이 말했어요.

　"저는 등불이 있어도 앞을 보지 못해요. 그러나 당신 같은 사람이 이 등불을 본다면, 저와 부딪히지 않고 안전하게 갈 수 있으니까요."

(1) 자기반성을 하는 마음이 필요하다.

(2) 다른 사람을 배려하는 마음이 필요하다.

(   )

남을 생각하는 배려

배려는 다른 사람의 **상황***을 **이해***하고 도우려는 마음과 행동을 말한다. 다른 사람을 배려하려면 그 사람을 존중하고, 내가 가진 것을 **베풀*** 줄 알아야 한다. 우리 삶에 배려는 왜 필요할까?

우리는 다양한 사람과 함께 살아간다. 피부색, 나이, 신체, 사는 모습 등이 모두 다르다. 그래서 여러 사람이 더불어 살아가려면 배려가 필요하다. 예를 들어 키 작은 아이는 높은 곳에 있는 물건을 꺼낼 때 키 큰 아이의 도움이 필요하다. 그런데 키 큰 아이가 도와주지 않는다면? 언젠가는 키 큰 아이가 키 작은 아이의 도움이 필요할지도 모른다. 이때 키 작은 아이가 키 큰 아이를 도와줄까? 아마 그렇지 않을 것이다. 따라서 배려는 상대방을 위한 것이면서도 나를 위한 것이기도 하다. 우리는 배려를 통해 어려운 순간에 서로에게 울타리가 되어 줄 수 있다.

㉠'역지사지(易地思之)'라는 **사자성어***가 있다. '다른 사람의 처지를 생각하라.'는 뜻으로, 배려와 비슷한 의미이다. 역지사지는 다른 사람을 온전히 이해하려면 그의 입장이 되어야 한다는 뜻을 담고 있다. 무조건 돕는 것이 올바른 배려는 아니다. 친구가 어려운 숙제를 하고 있을 때 무턱대고 도와주기보다는 "도와줄까?"라고 먼저 물어보는 게 좋다. 내가 좋은 마음에서 한 행동이라도, 상대방이 불쾌해하면 오히려 피해를 주기 때문이다. 그래서 누군가를 배려하기 전에, 한번 그 사람의 입장이 되어 보자. '만약 내가 저 사람이라면 어떨까. 이런 배려보다는 저런 배려가 더 필요할 거야.' 하고 말이다.

일상생활에서 주위 사람들에게 반복해서 배려를 하다 보면 그것이 자연스럽게 습관이 된다. 가족과 친구들 그리고 이웃을 먼저 배려해 보자. 어느 날 나에게도 그 배려가 되돌아올 것이다.

어휘사전

* **상황** 어떤 일이 되어 가는 형편이나 모양.

* **이해** 남의 사정이나 마음을 잘 알아주는 것.

* **베풀다** 남에게 무엇인가를 도와주어서 누리게 하다.

* **사자성어**(四 넉 사, 字 글자 자, 成 이룰 성, 語 말씀 어) 마음에 새겨 두어야 할 내용을 담은, 네 글자로 이루어진 한자 말.

내용요약

글의 중심 내용을 생각하며 빈칸의 낱말을 써 보세요.

ㅂ ㄹ 란 다른 사람의 상황을 이해하고 도우려는 마음과 행동이다. 다른 사람을 배려할 때는 상대방의 입장이 되어 보는 것이 중요하다.

1 이 글에서 설명하는 중심 낱말은 무엇인가요? (   )

중심
내용

① 사랑   ② 배려   ③ 마음

④ 이해   ⑤ 울타리

2 배려에 대한 설명으로 알맞은 것을 두 가지 찾아 ○표 하세요.

내용
이해

(1) 모든 배려는 무조건 좋은 것이다. (   )

(2) 상황에 따라서 배려는 안 해도 된다. (   )

(3) 배려는 상대방을 위한 것이자 나를 위한 것이다. (   )

(4) 일상생활에서 배려를 반복하다 보면 자연스럽게 습관이 된다. (   )

3 ㉠'역지사지'의 예로 알맞은 것을 고르세요. (   )

적용
하기

① 그 사람은 뒤늦게 노력한 만큼 성공했다.

② 처음에는 기대를 한 몸에 받았으나 꼴찌로 들어왔다.

③ 모임에 사람이 많을수록 좋으니까 여러 사람에게 연락했다.

④ 버스에서 임신부의 몸이 얼마나 무거울지 생각하여 자리를 양보했다.

⑤ 지난날에는 나쁜 짓을 했지만, 이제는 어려운 사람을 도우며 살고 있다.

4 이 글에 나온 배려의 의미를 잘 이해하지 <u>못한</u> 친구의 이름을 쓰세요.

적용
하기

바쁜 부모님을 대신해 우편물을 내가 찾아와야겠어.

원영

미국에서 온 친구가 학교에 잘 적응하도록 도와야겠어.

가을

선생님께 어리광을 부리면 선생님도 날 귀여워해 주실 거야.

이서

(   )

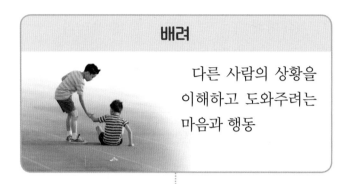

1 생각주제와 관련된 앞의 두 글을 읽고 남을 배려했던 경험을 예3의 빈칸에 써 보세요.

배려

다른 사람의 상황을 이해하고 도와주려는 마음과 행동

예1 꼴찌 없는 운동회	예2 남을 생각하는 배려	예3
다섯 아이들은 천천히 기국이의 발걸음에 맞춰서 걸음을 걸었습니다. 동시에 결승선이 다섯 아이의 가슴에 닿았습니다.	'만약 내가 저 사람이라면 어떨까. 이런 배려보다는 저런 배려가 더 필요할 거야.' 라고 상대방의 입장을 생각하는 게 좋다.	

2 배려에 대한 설명으로 알맞은 것 두 가지를 골라 ○표 하세요.

(1) 늘 다른 사람의 입장에서 생각해 봐야 한다.

(2) 배려는 반복해서 해도 습관이 되지 않는다.

(3) 배려는 상대방을 위한 것이면서도 나를 위한 것이다.

(4) 다른 사람이 배려받는 것을 불편해해도 배려해야 한다.

3 배려가 왜 중요한지 자신의 생각을 써 보세요.

다른 사람을 배려하면 ✎

주제 어휘	사태	배려	상황	이해	베풀다

4 다음 뜻에 알맞은 주제 어휘에 ○표 하세요.

(1) 일이 되어 가는 상황.　　　　　　　　　　　　　　| 사태 | 사퇴 |

(2) 관심을 가지고 보살펴 주는 것.　　　　　　　　　　| 배신 | 배려 |

(3) 어떤 일이 되어 가는 형편이나 모양.　　　　　　　　| 상황 | 당황 |

(4) 남의 사정이나 마음을 잘 알아주는 것.　　　　　　　| 오해 | 이해 |

5 다음 빈칸에 공통으로 들어갈 낱말을 주제 어휘에서 찾아 쓰세요.

(1)
- 경기 [　　　　]이 우리 팀에 유리하였다.
- [　　　　]이 불리해져서 손을 쓸 수 없을 정도였다.

→ [　|　]

(2)
- 집에 올 손님을 [　　　　]하여 미리 청소했다.
- 몸이 불편한 사람을 먼저 [　　　　]해야 한다.

→ [　|　]

6 다음 밑줄 친 말과 뜻이 비슷한 낱말을 주제 어휘에서 찾아 쓰세요.

　　오늘은 혼자 사시는 노인분들의 집에 쌀과 김치를 가져다드리는 사회봉사 활동을 했다. 김치와 쌀이 제법 무거웠지만, 마음만은 깃털처럼 가벼웠다. 어른들이 우리를 마치 친손자와 친손녀를 만난 듯 예뻐해 주셔서 헤어지는 게 쉽지 않았다. 이 추운 겨울날 따뜻한 사랑을 <u>나누다</u> 집에 오니 뿌듯했다.

(　　　　　　　　)

지역 이기주의 님비 현상

지역
이기주의
님비 현상

글 노지영
뭉치

오늘도 우리는 여느 때처럼 운동장을 가로질러 교문을 빠져나온 뒤 커다란 횡단보도를 건너서 집으로 향했어. 그런데 집 쪽에 점점 가까워질수록 학교에서는 들리지 않던 귀를 찢을 듯한 **소음**＊이 울려 퍼지고 있었어.

"평화로운 우리 동네에 **장례식장**＊이 웬 말이냐!"

삑삑거리는 마이크 소음에 더해 누군가의 외침이 들려왔어.

"뭐지? 무슨 소리지?"

동원이가 눈살을 찌푸리며 물었어.

"너 몰랐어? 장례식장 반대 **시위**＊하는 거잖아."

민석이가 대단한 정보라도 된다는 듯 말했지.

"장례식장?"

"그래. ㉠우리 상가 옆쪽에 장례식장이 들어온다잖아. 그래서 어른들이 그거 막으려고 반대 시위한다고 하던데."

나는 몰랐다는 듯 고개를 끄덕였어. 사실 엄마에게 들어서 아주 잘 아는 사건이었지만 말이야. 소문처럼 말이 떠돌기 시작한 건 아주 오래전이었어. 벌써 일 년도 넘은 일 같은데, 우리 아파트 단지 옆, 커다란 **공터**＊에 장례식장이 들어선다는 이야기가 있다고 엄마가 아빠에게 말했었지.

"어! 너희 엄마다!"

민석이 말에 나는 순간 가슴이 쿵 하고 내려앉았어.

'제발 그 너희 엄마가 우리 엄마가 아니기를……'

나는 기도하는 마음으로 민석이가 가리키는 곳을 바라보았어. 그리고 곧 내 기도가 무참히 빗나간 현장을 목격할 수 있었지.

"우리는 장례식장 **건립**＊을 반대한다!"

가슴에 붉은 띠를 두른 엄마가 오른손을 들어 올리며 큰 소리로 외치고 있었어. 이어 들려오는 외침들……

"희망찬 우리 동네에 장례식장이 웬 말이냐!"

"장례식장 옳지 않다! 편의 시설 **유치**＊하자!"

나는 엄마랑 눈이 마주칠까 봐 얼른 고개를 숙였어.

어휘사전

＊ **소음** 시끄러운 소리.

＊ **장례식장** 장례를 치르는 장소.

＊ **시위** 여럿이 한데 모여서 자기들의 생각을 나타내는 것.

＊ **공**(空 빌 공)**터** 집이나 시설물이 없는 비어 있는 땅.

＊ **건립**(建 세울 건, 立 설 립) 건물·시설·기관 등을 만드는 것.

＊ **유치** 어떤 일을 자기 고장에서 하려고 끌어오는 것.

1 이 글에서 가장 중심이 되는 장면을 찾아 번호를 쓰세요.

중심
내용

> (1) '나', 동원이, 민석이가 횡단보도를 건너서 집에 가는 장면
> (2) '나'의 엄마가 반대 시위에서 가슴에 붉은 띠를 두르고 큰 소리로 외치는 장면

(   )

2 이 글의 내용으로 알맞지 <u>않은</u> 것은 무엇인가요? (   )

내용
이해

① '나'의 동네에는 장례식장이 들어올 예정이다.
② '나'가 살고 있는 동네에는 커다란 공터가 있다.
③ '나'는 시위하는 엄마를 보고 부끄러움을 느꼈다.
④ '나'와 친구들은 장례식장 반대 시위를 보게 된다.
⑤ '나'와 우리 가족은 장례식장이 들어오는 것에 찬성한다.

3 ㉠에 나타난 어른들의 행동에 대해 알맞게 평가한 것을 **보기**에서 찾아 번호를 쓰세요.

추론
하기

> ┤ **보기** ├
> (1) 동네 주민들은 장례식장이 하나만 생기는 것이 아쉬운 거야.
> (2) 동네 주민들은 장례식장이 들어오면 생길 문제가 두려운 거야.

(   )

4 이 글의 내용을 바탕으로 '님비 현상'이 무엇인지 알맞게 말한 친구의 이름을 쓰세요.

적용
하기

> 두나: '님비 현상'이란 사람들이 함께 모여서 서로의 마음을 터놓고 이야기를 주
>   고받는 행동을 말하는 것 같아.
> 도희: '님비 현상'이란 자신이 사는 지역에 장례식장 같은 시설이 들어오는 것을
>   반대하는 것을 말하는 것 같아.

(   )

님비 현상 때문이야

장애인 **시설***, 쓰레기를 태우는 곳, 쓰고 버린 물을 처리하는 곳 등 모두가 함께 쓰는 시설을 **공공시설***이라고 한다. 그런데 막상 자기가 사는 곳에 이런 것이 생기면 어떨까? 어떤 **지역***에 장애인 시설을 지으려고 하였는데 그 지역에 사는 **주민***들의 반대에 부딪혀 결국 짓지 못하게 된 일이 있었다. 이렇게 사회 전체에는 이롭지만, 자신이 사는 지역에는 이롭지 않은 일을 반대하는 행동을 '님비 현상'이라고 한다.

님비 현상은 1987년 3월 미국 뉴욕에서 있었던 일에서 생겨난 말이다. 미국 정부는 뉴욕의 한 지역에서 나온 쓰레기를 다른 지역에 버리려다가 그 지역 주민들의 반대로 실패하게 된다. 그때 사람들이 외쳤던 말이 '내 뒷마당에는 안 된다!'였다. 이후 이 일과 비슷한 일이 일어날 때, 이 문장에 쓰인 영어 낱말들의 첫 알파벳만 따서 님비 현상이라고 부르게 되었다.

이러한 님비 현상이 생기는 까닭은 무엇일까? 자기 지역에 좋은 것만 두고 싶어 하는 주민들의 **이기심*** 때문이다. 주민들은 쓰레기를 태우는 시설이 생기면, 자기가 사는 지역의 땅값이나 집값이 떨어질까 봐 반대한다. 또한 지역 주민들이 서로 잘 소통하지 못해서 님비 현상이 일어나기도 한다. 지역의 일이 소수의 대표자를 중심으로 결정되거나 주민들이 자기 지역의 일에 관심이 없으면 잘못된 결정을 내릴 수 있다.

우리나라에서도 공공시설을 자기가 사는 지역에 짓지 못하게 하는 일이 많다. 나라 전체로 볼 때 이런 시설들은 꼭 있어야 한다. 모두가 자신이 사는 곳에 이러한 시설이 지어지는 것을 반대한다면 결국 어떻게 될까?

ㄱ

어휘사전

* **시설** 여럿이 같이 쓰도록 만들어 놓은 큰 장치나 도구, 장소.

* **공공시설** 많은 사람이 편리하게 이용할 수 있도록 나라나 단체가 만든 시설.

* **지역** 일정하게 나뉜 땅.

* **주민**(住 살 주, 民 백성 민) 일정한 지역 안에 살고 있는 사람.

* **이기심**(利 이로울 이, 己 몸 기, 心 마음 심) 남을 생각하지 않고 자기 이익만을 생각하는 마음.

내용요약

글의 중심 내용을 생각하며 빈칸의 낱말을 써 보세요.

ㄴ ㅂ ㅎ ㅅ 은 사람들이 사회 전체에는 이롭지만, 자신이 사는 지역에는 이롭지 않은 일을 반대하는 행동을 말한다.

1 다음 중 이 글에서 알 수 <u>없는</u> 것은 무엇인가요? (   )

내용
이해

① 공공시설의 뜻

② 님비 현상의 뜻

③ 님비 현상과 반대되는 말

④ 님비 현상이 생기는 까닭

⑤ 님비 현상이라는 말이 만들어진 때

2 다음 중 ㉠에 들어갈 내용으로 알맞은 것을 찾아 번호를 쓰세요.

추론
하기

(1) 모든 도시와 마을에 하나씩 짓게 될 것이다.

(2) 꼭 필요한 시설을 짓지 못해 모두가 피해를 볼 것이다.

(3) 깊은 산속이나 사람이 살지 않는 섬에는 지을 수 없을 것이다.

(   )

3 다음 중 님비 현상의 예로 알맞은 것을 두 가지 찾아 번호를 쓰세요.

적용
하기

(1) 미국의 한 도시에서는 시민들이 자신이 사는 지역에 노숙자 임시 거주 시설이 생기는 것을 반대하고 있다.

(2) 서부 지역 주민들은 쓰고 버린 물을 처리하는 곳을 늘리는 것을 받아들였고, 정부는 이에 대한 보상으로 서부 지역의 도시가스 비용을 깎아 주었다.

(3) 마을 주민들은 장애인을 위한 특수 학교 설립을 반대하는 시위를 벌였고, 장애 학생의 부모들은 주민들에게 특수 학교 설립을 허락해 달라며 무릎을 꿇었다.

(   )

주제 정리 **1** 생각주제와 관련된 앞의 두 글을 읽고 님비 현상의 예를 예3의 빈칸에 써 보세요.

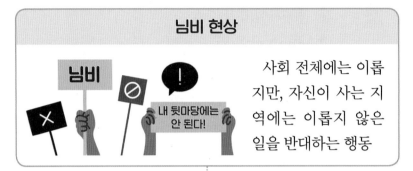

님비 현상

님비 ⊘ ● 내 뒷마당에는 안 된다!

× 🚫

사회 전체에는 이롭 지만, 자신이 사는 지 역에는 이롭지 않은 일을 반대하는 행동

예1
지역 이기주의 님비 현상

"우리 상가 옆쪽에 장례식장이 들어온 다잖아. 그래서 어 른들이 그거 막으려 고 반대 시위한다고 하던데."

예2
님비 현상 때문이야

뉴욕의 한 지역에서 나온 쓰레기를 정부 가 다른 지역에 버리 려다가 그 지역 주민 들의 반대로 실패한 일이 있었다.

예3

2 님비 현상이 생기는 까닭으로 알맞은 것 두 가지를 골라 ○표 하세요.

(1) 주민들의 지나친 배려 때문이야.

(2) 서로 터놓고 대화했기 때문이야.

(3) 서로 충분히 소통하지 못했기 때 문이야.

(4) 자기 지역에 좋은 것만 두려고 하기 때문이야.

3 님비 현상에 대한 자신의 생각을 써 보세요.

님비 현상은 ✎

| 주제 어휘 | 시위 | 건립 | 시설 | 지역 | 주민 | 이기심 |

4 다음 뜻에 알맞은 **주제 어휘**에 ○표 하세요.

(1) 일정한 지역 안에 살고 있는 사람.　　　　　　　　　　| 주민 | 주인 |

(2) 여럿이 한데 모여서 자기들의 생각을 나타내는 것.　　| 시위 | 시기 |

(3) 남을 생각하지 않고 자기 이익만을 생각하는 마음.　　| 이기심 | 이타심 |

(4) 여럿이 같이 쓰도록 만들어 놓은 큰 장치나 도구, 장소.　| 설치 | 시설 |

5 다음 빈칸에 공통으로 들어갈 낱말을 **주제 어휘**에서 찾아 쓰세요.

(1)
• 개구리는 도시보다는 농촌 [　　　　　]에서 찾기 쉽다.
• 이번 태풍은 서울 [　　　　　]을 지나갈 것으로 보인다.
→ [　|　]

(2)
• 도시 한복판에 행복한 왕자의 동상이 [　　　　　]되었다.
• 마을 회관이 [　　　　　]되자, 마을 사람들은 자주 그곳에 모였다.
→ [　|　]

6 다음 문장의 밑줄 친 말과 바꿔 쓸 수 있는 낱말에 ○표 하세요.

(1) 아파트에 사는 <u>사람</u>은 한 명도 빠짐없이 모였다.　→ | 농민 | 주민 |

(2) 그 학원은 <u>설비</u>가 잘 되어 있어서 학생들이 많이 다닌다.　→ | 시설 | 경비 |

자석 총각, 끌리스

> **자석 총각, 끌리스**
> 글 임정진
> 해와나무

철* 나라 **생명체***들은 모두 몸의 한 부분이 철로 되어 있어요. 그런데 끌리스는 철 나라의 다른 사람들과는 조금 달랐어요. 태어날 때부터 특별했답니다. 겉모습은 특별하지 않기 때문에 처음엔 특별한지 모를 뻔했지요.

아기를 작은 침대에 눕히고 의사 선생님은 **청진기***로 아기 심장 소리를 들으려다가 깜짝 놀랐어요.

"아니, 왜 청진기가 아기 가슴에 달라붙는 거지?"

의사 선생님은 놀랍게도 아기의 가슴 속 갈비뼈가 그냥 철이 아니라 **자석***으로 되어 있다는 걸 알게 되었지요.

끌리스는 커 갈수록 자석의 힘이 조금씩 더 강해졌어요. 그래서 가슴에 와서 달라붙는 것들이 늘어 갔어요. 길을 걸어가면 **가로수***의 철판 낙엽들이 가슴에 달라붙었어요. 식탁에 앉으면 끌리스 가슴으로 포크며 접시 등이 끌려왔어요.

그래서 끌리스네서 쓰는 물건들은 특별히 다 나무로 만들어야 했어요.

끌리스가 더 자라자 이제는 가까이 있는 사람들의 머리카락이 끌리스를 향해서 뻗치기 시작했어요. 그래서 다들 끌리스 옆에 오지 않으려 했어요.

"끌리스, 엄마랑 아빠가 집에서도 고무 **고깔***을 써도 되겠니?"

"그러세요."

끌리스는 자기 때문에 엄마 아빠가 불편하게 된 것이 속상했지만 환하게 웃었어요. 집 안에서 고무 고깔을 쓴 엄마 아빠 모습은 좀 우스꽝스러웠어요. 그래도 그걸 쓰면 부모님 머리카락이 끌리스에게 달라붙지 않아서 좋았어요. 고무 고깔을 물끄러미 바라보던 끌리스가 물었어요.

"아빠, 머리카락을 고무로 가리면 나에게 머리카락이 달라붙지 않네요. 왜 그래요?"

㉠"그거야 고무가 자석의 힘을 막아 주니 그렇단다."

어휘사전

* **철** 생활에서 쓰임이 가장 많은 쇠붙이의 한 가지.
* **생명체** 살아 있는 물체.
* **청진기** 환자의 몸 안에서 나는 소리를 들어 진찰하는 데 쓰는 의료 기구.
* **자석**(磁 자석 자, 石 돌 석) 철을 끌어당기는 힘을 가진 특수한 쇳덩이.
* **가로수** 길가에 줄지어 심은 나무.
* **고깔** 머리에 쓰는 위 끝이 뾰족하게 생긴 모자.

내용요약

글의 중심 내용을 생각하며 빈칸의 낱말을 써 보세요.

철 나라에 사는 끌리스는 가슴 속 갈비뼈가 [ㅈ] [ㅅ] 으로 되어 있다. 그래서 철로 된 모든 물건이 끌리스에게 달라붙어서 곤란했다.

1 ㉠에 대한 설명으로 알맞은 것은 무엇인가요? (   )

추론
하기

① 고무가 가볍기 때문이다.
② 고무가 생명체가 아니기 때문이다.
③ 고무가 자석과 같은 성질이기 때문이다.
④ 고무가 당기는 힘이 매우 강하기 때문이다.
⑤ 고무가 자석이 끌어당기지 않는 물질이기 때문이다.

2 이 글의 내용으로 보아, 다음 **보기** 속 질문에 대한 대답으로 알맞은 것을 찾아 번호를 쓰세요.

추론
하기

┤ 보기 ├

질문: 자석과 철이 함께 있을 때, 어떤 일이 일어날까요?

대답: (1) 자석과 철은 멀리 떨어진다.
　　　(2) 자석과 철이 서로 달라붙는다.
　　　(3) 자석과 철은 아무런 반응도 없다.

(   )

3 이 글을 읽고 난 반응으로 알맞지 <u>않은</u> 것은 무엇인가요? (   )

감상
하기

① 끌리스의 부모님은 밝고 따뜻한 분들이야.
② 철 나라 생명체들은 모두 자석에 달라붙었을 거야.
③ 끌리스 집에는 나무로 된 물건을 둘 수 없었을 거야.
④ 끌리스는 모든 것이 가슴에 달라붙어서 불편했을 거야.
⑤ 의사 선생님은 끌리스의 갈비뼈를 보고 깜짝 놀랐을 거야.

자석의 다양한 쓰임새

▲ 막대자석과 말굽자석

▲ 냉장고 문의 자석

어휘사전

＊**성질**(性 성품 성, 質 바탕 질) 사물이나 현상이 본래부터 가지고 있는 특성.

＊**극** 자석에서 힘이 가장 센 양쪽의 끝.

＊**몸체** 물체의 몸이 되는 부분.

＊**폐차장** 낡거나 못 쓰게 된 차를 없애는 곳.

＊**고철** 아주 낡고 오래된 쇠나 철.

자석은 철을 끌어당기는 **성질**＊을 지닌 물체이다. 그래서 자석에 철을 대면 철은 자석에 달라붙는다. 반면에 플라스틱이나 고무, 종이, 유리는 자석에 붙지 않는다. 자석은 철 같은 금속뿐만 아니라 자석끼리도 서로 끌어당긴다. 자석은 쓰임새에 따라 모양이 다양하다. 막대 모양의 막대자석, U자 모양의 말굽자석 등이 있다.

자석에 철로 된 물체를 가져가 대 보면 가운데에는 잘 붙지 않고 양쪽 끝부분에는 잘 붙는다. 그것은 자석의 양쪽 끝이 자석에서 가장 힘이 센 곳이기 때문이다. 이곳을 '자석의 **극**＊'이라고 하는데, 모든 자석에는 N극과 S극이라는 두 개의 극이 있다. 자석과 자석이 만나면 재미있는 일이 벌어진다. 자석의 같은 극끼리는 서로 밀어 내고, 다른 극끼리는 서로 잡아당긴다. 그래서 N극과 N극을 마주 대면 서로 밀어 내고, N극과 S극을 마주 대면 찰싹 달라붙는다.

자석의 이런 성질은 다양한 제품을 만드는 데 사용된다. 냉장고 문의 안쪽 테두리에는 자석이 달려 있다. 그래서 냉장고 문이 **몸체**＊에 가까이 가면 저절로 닫히게 된다. 또 나사못을 돌려서 조이거나 뺄 때 쓰는 드라이버 끝에도 자석이 달려 있다. 그래서 쇠로 된 나사못이 드라이버 끝에 잘 고정되어 편하게 조일 수 있다. **폐차장**＊에서도 자석이 쓰인다. 무거운 물건을 드는 기계 끝에 붙은 자석이 자동차를 들어 올린다. 쓰레기 처리장에서 **고철**＊을 분리할 때도 자석이 쓰인다. 여러 가지 물건 중 철로 된 것을 분리한다. 또한 교실에서 쓰는 자석 칠판에 자석으로 다양한 자료를 붙여서 안내에 활용하기도 한다.

이처럼 자석은 우리 주변에서 흔히 볼 수 있고 다양하게 쓰이고 있다. 자석을 사용하면 물체를 쉽게 붙일 수 있고, 철로 된 물질을 잘 분리할 수 있다. 자석을 활용한 또 다른 물건을 한번 찾아보면 어떨까?

내용요약

글의 중심 내용을 생각하며 빈칸의 낱말을 써 보세요.

자석은 서로 다른 [　ㄱ　] 끼리 끌어당기는 성질이 있다. 냉장고 문, 자석 칠판 등 이런 성질을 이용한 다양한 제품이 우리 생활에서 쓰이고 있다.

1 이 글에서 설명하는 것은 무엇인가요? (   )

중심
내용

① 자석의 다양한 색깔
② 자석과 철의 차이점
③ 자석을 만드는 재료
④ 다양한 모양을 지닌 자석
⑤ 자석의 성질과 그 성질을 이용한 제품

2 이 글의 내용으로 알맞지 <u>않은</u> 것은 무엇인가요? (   )

내용
이해

① 다양한 모양의 자석이 있다.
② 자석의 양 끝부분이 가장 힘이 세다.
③ 자석의 같은 극끼리는 서로 밀어 낸다.
④ 자석의 끌어당기는 성질을 이용해 고철을 분류할 수 있다.
⑤ 자석은 과학 실험에만 쓰이고 일상생활에서는 쓰이지 않는다.

3 이 글과 **보기**를 잘 이해한 반응으로 알맞은 것의 기호를 쓰세요.

적용
하기

┤ **보기** ├

　놀이공원에서 인기 있는 자이로드롭은 높은 곳에서 순식간에 떨어지는 놀이 기구예요. 자이로드롭에도 자석이 숨어 있는데, 자석의 같은 극끼리 서로 밀어 내는 성질을 이용합니다. 자이로드롭 기둥에 자석의 성질을 띠는 금속판이 붙어 있고, 의자 뒷면에도 자석이 붙어 있어서 서로 밀어 내는 힘이 생겨요. 땅 가까이에 오면 자이로드롭이 마치 브레이크가 걸린 것처럼 서서히 멈추게 돼요.

㉠ 자이로드롭의 자석은 N극과 S극일 거야.
㉡ 자이로드롭의 자석은 N극과 N극, 또는 S극과 S극일 거야.

(   )

주제 정리 **1** 생각주제와 관련된 앞의 두 글을 읽고 내용을 정리해 보세요.

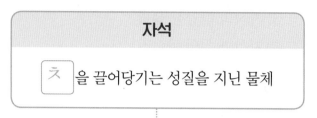

자석

ㅊ 을 끌어당기는 성질을 지닌 물체

자석의 특징

• 자석의 양쪽 끝은 힘이 가장 센 부분으로 ㄱ 이라고 부름.
• 자석의 극에는 N극과 S극이 있으며 같은 극끼리 서로 밀어 내고, 다른 극은 서로 잡아당김.

자석이 쓰이는 곳

• 냉장고 문 안쪽의 테두리
• 나사못을 조일 때 쓰는 드라이버
• 폐차장에서 무거운 물건을 드는 기계
• 쓰레기 처리장에서 고철을 분리수거할 때 쓰는 기계

2 다음 그림처럼 자석이 놓여 있을 때, 자석끼리 보일 반응으로 알맞은 것에 ○표 하세요.

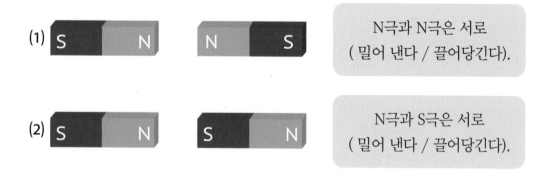

(1) S N   N S
N극과 N극은 서로 (밀어 낸다 / 끌어당긴다).

(2) S N   S N
N극과 S극은 서로 (밀어 낸다 / 끌어당긴다).

3 자석이 다양하게 쓰이는 까닭에 대한 자신의 생각을 써 보세요.

자석이 다양하게 쓰이는 까닭은 ✎

_____

_____

주제 어휘	철	자석	성질	극	몸체

4 다음 주제 어휘의 뜻으로 알맞은 것을 찾아 선으로 이으세요.

(1) 철 •

(2) 자석 •

(3) 성질 •

(4) 극 •

• ㉠ 자석에서 힘이 가장 센 양쪽의 끝.

• ㉡ 철을 끌어당기는 힘을 가진 특수한 쇳덩이.

• ㉢ 사물이나 현상이 본래부터 가지고 있는 특성.

• ㉣ 생활에서 쓰임이 가장 많은 쇠붙이의 한 가지.

5 다음 빈칸에 공통으로 들어갈 낱말을 주제 어휘에서 찾아 쓰세요.

(1)
• 기름은 물과 섞이지 않는 ☐☐☐☐이 있다.
• 자석은 끌어당기거나 밀어 내는 ☐☐☐☐이 있다.

→ ☐☐

(2)
• 자석에는 N과 S 두 개의 ☐☐☐☐이 있다.
• 철은 자석의 양쪽 끝인 ☐☐☐☐에만 붙는다.

→ ☐

6 다음 밑줄 친 말과 뜻이 비슷한 낱말을 주제 어휘에서 찾아 쓰세요.

가족과 같이 공예 박물관에 갔다. 공예 박물관은 옛날부터 오늘날까지 여러 시대에 만들어진 다양한 공예 작품과 자료를 전시하는 곳이다. 동으로 만든 촛대, 수를 놓은 허리끈과 베개, 바람개비 무늬나 삼각 무늬를 넣은 보자기도 있었다. 하나같이 아름다웠다. 그중에서 가장 기억에 남는 작품은 물건의 <u>몸 부분</u>에 봉황 무늬를 새긴 흰색의 자기였다.

(   )

조선 선비 유길준의 세계 여행

조선 선비
유길준의
세계 여행

글 이훈
비룡소

민영익, 서광범, 변수는 유길준보다 먼저 세계 여행을 마쳤어. 이들은 유럽과 동남아시아를 거쳐 1884년 6월, 한양에 도착했지. 민영익은 국왕인 고종을 찾아뵙고, 그동안의 일을 보고했어. 고종은 무엇을 궁금해했을까?

고종: 먼 길 잘 다녀왔느냐?

민영익: 국왕님의 도움으로 무사히 다녀왔사옵니다.

고종: 미국 대통령은 몇 번이나 보았느냐?

민영익: 도착했을 때와 돌아올 때 두 차례 만나 보았습니다.

고종: **접대***가 대단하다던데 과연 그렇더냐?

민영익: 매우 좋은 대접을 받았으며, 다른 나라 **공사***들보다 더 특별했습니다.

고종: 미국은 **부강***함이 천하제일이라던데 과연 그렇더냐?

민영익: 그 나라는 땅도 크고 생산물도 많고 사람들도 모두 부지런하여 상업이 왕성하므로 따라갈 나라가 없나이다.

고종: 여러 나라를 두루 구경하던 중 어디가 가장 좋더냐?

민영익: 서양에서는 프랑스 파리가 가장 좋다고 하나 제 생각에는 뉴욕이 제일인 듯합니다. 파리는 **번화하고*** 아름다우나 **융성***함은 뉴욕만 못한 것 같습니다.

고종: **군사***에 힘쓰더냐?

민영익: 서양의 나라들은 상업으로 부강해졌습니다. 만약 전쟁이 일어나면 항구가 막혀 상업을 방해하므로, 서로 싸우지 않으려고 노력합니다. 이런 까닭에 미국은 군사에 힘쓰지 않고도 자연히 부강한 나라가 되었습니다.

고종: 대통령이 갈린다고 하던데 사실이냐?

민영익: 그렇사옵니다. 많은 사람이 원하면 한 번 더 할 수 있는데, 대통령이 갈릴 때는 관원들도 모두 바뀝니다.

고종: 영국의 군주는 여왕이던가?

민영익: 그 나라는 같은 핏줄을 가진 사람 중에서 임금을 정합니다. 만약 남자가 없고 여자만 있을 경우에는 여자가 왕이 된다고 합니다.

어휘사전

* **접대**(接 사귈 접, 待 기다릴 대) 손님을 맞아 대접하는 것.

* **공사**(公 공변될 공, 使 부릴 사) 나라를 대표하는 외교관의 한 가지.

* **부강** 나라의 재정이 넉넉하고 군사력이 강함.

* **번화하다** 세력이 한창 일어나고 화려하다.

* **융성** 기운차게 일어나거나 대단히 크고 넓게 퍼짐.

* **군사**(軍 군사 군, 事 일 사) 군대·국방·전쟁 등에 관한 일.

1 다음 빈칸에 알맞은 말을 넣어 이 글의 중심이 되는 일이 무엇인지 완성하세요.

중심
내용

> ☐☐☐ 은 미국, 프랑스 등 서양 나라들에 여행을 다녀온 후, 고종을 만나서 그곳에서 보고 들은 것을 보고하였다.

2 이 글에서 고종이 묻지 <u>않은</u> 것은 무엇인가요? ( )

내용
이해

① 서양은 군사에 힘쓰더냐?

② 어느 나라가 가장 좋더냐?

③ 대통령이 바뀌는 것이 사실이냐?

④ 미국의 부강함이 천하제일이더냐?

⑤ 미국에서 어떤 음식으로 접대하더냐?

3 이 글에서 일이 일어난 순서대로 기호를 쓰세요.

글의
구조

> ㉠ 민영익은 세계 여행을 마치고 한양에 돌아왔다.
>
> ㉡ 민영익은 미국에서 대통령을 만나고 뉴욕 시내를 구경하였다.
>
> ㉢ 고종은 민영익에게 세계 여행에서 무엇을 경험했는지 자세히 들었다.

( ) ➜ ( ) ➜ ( )

4 다음 중 민영익과 비슷한 태도를 지닌 친구는 누구인가요?

적용
하기

서양과 교류하면 나라를 발전시킬 수 있어. 우수한 문물을 받아들여 우리나라를 강하게 만들어야 해.

지호

서양의 물건은 사치스럽고 이상해. 서양의 물건을 들여오면 사람들의 마음은 망가지고, 나라가 어지러워질 거야.

가영

( )

조선을 바꾼 근대 문물

조선의 마지막 왕이었던 고종은 조선을 강한 나라로 만들고 싶었다. 이웃 나라 일본과 중국, 러시아가 조선을 빼앗으려고 기회를 엿보고 있었기 때문이다. 그래서 고종은 민영익, 유길준 등을 나라의 힘이 강했던 서양으로 보낸다. 서양이 **풍족하게*** 살고 강한 힘을 가지는 이유가 '발전된 문화와 기술'이라고 보았기 때문이다. 고종은 서양의 문화와 기술을 들여오기로 결심한다. 이때 들어온 물건이나 문화를 '**근대*** **문물***'이라고 한다.

가장 먼저 전기가 들어왔다. 촛불 대신 전기가 집 안을 환하게 밝혔고, 전기로 움직이는 전차가 달리기 시작했다. 덕분에 사람들은 이전보다 더 빠르게 이동하였다. 또한 **전신*** 및 전화와 같은 통신 수단도 쓸 수 있게 되어,

> ㉠ .

그리고 의식주도 달라졌다. 전통 한복 대신에 다양한 옷이 모습을 드러냈다. 남성들은 입기 편하고 활동하기 좋은 양복을 입었고, **양장***을 입는 여성들이 하나둘씩 늘어났다. 또 한복을 편리하게 개량해서 입기도 하였다.

또 식생활에서는 '양식'이라는 음식 문화가 들어왔다. 상류층은 커피와 홍차, 과자와 빵 같은 서양식 차와 간식을 즐겼다. 외국에서 들여온 새롭고 신기한 음식에 대한 호기심이 커져 사람들 사이에 유행했다. 실제로 고종도 커피를 즐겨 마셨다고 한다.

새로운 건축물인 **양옥***이 생겨났다. 양옥은 벽돌이나 시멘트를 이용하여 짓고, 지붕에 굴뚝을 만들거나 창문이나 장식 등으로 화려하게 꾸미었다. 대표적인 건물로 덕수궁 석조전, 세브란스 병원, 한성사범학교 등이 있다. 특히 1910년에 만들어진 덕수궁 석조전은 최초의 서양식 건물로, 안에도 서양식 가구들이 놓여 있다. 이렇게 고종이 들여온 근대 문물은 세상의 모습을 크게 변화시켰다.

어휘사전

* **풍족하다** 아주 넉넉하여 만족스럽다.

* **근대**(近 가까울 근, 代 대신할 대) 현대 사회의 특징이 나타나기 시작한 가까운 과거.

* **문물**(文 글월 문, 物 물건 물) 문화가 발전하면서 사람이 만들어낸 학문·예술·기술 같은 것을 모두 이르는 말.

* **전신** 전기나 전파를 이용한 통신.

* **양장** 서양식으로 만든 여자 옷.

* **양옥** 서양식으로 지은 집.

내용요약

글의 중심 내용을 생각하며 빈칸의 낱말을 써 보세요.

| ㄱ | ㄷ | | ㅁ | ㅁ | 은 조선의 고종 때 서양에서 들어온 물건과 문화를 말하는데, 사람들이 널리 사용하게 되자 일상생활에 많은 변화가 일어났다.

1

내용
이해

이 글의 내용과 일치하지 <u>않는</u> 것은 무엇인가요? (   )

① 고종은 근대 문물을 들여와 우리나라를 강하게 만들고자 했다.

② 우리나라 상류층은 서양에서 들여온 커피와 홍차를 즐겨 마셨다.

③ 전기가 들어오자 전차, 전신과 전화 등 교통 통신 기술이 발달하였다.

④ 덕수궁 석조전은 1910년에 지어진 우리나라 최초의 서양식 건물이다.

⑤ 한복은 양복, 양장 등 활동하기 편한 서양식 의복으로 인해 완전히 사라졌다.

2

글의
구조

이 글의 내용을 표로 정리한 것입니다. ㉮에 들어갈 알맞은 말을 찾아 네 글자로 쓰세요.

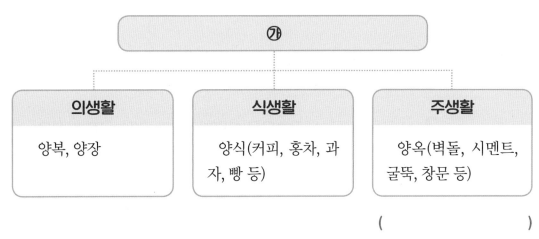

	㉮	
의생활	**식생활**	**주생활**
양복, 양장	양식(커피, 홍차, 과자, 빵 등)	양옥(벽돌, 시멘트, 굴뚝, 창문 등)

(   )

3

추론
하기

앞의 내용으로 볼 때, ㉠에 들어갈 가장 알맞은 말은 무엇인가요? (   )

① 약속 시간에 늦는 사람들이 늘어나기 시작했다.

② 사람들은 서로 소식을 빠르게 전달하게 되었다.

③ 전기를 관리하는 사람들이 엄청난 부자가 되었다.

④ 많은 사람이 전기를 앞다투어 소비하여 전기가 부족해졌다.

⑤ 교통사고의 위험성이 훨씬 높아져서 사고가 자주 일어났다.

주제 정리 **1** 생각주제와 관련된 앞의 두 글을 읽고 내용을 정리해 보세요.

근대 문물

고종이 조선을 강한 나라로 만들고자 서양의 [ㅁ][ㄱ]과 [ㅁ][ㅎ]를 들여온 것

민영익의 세계 여행

고종의 명령으로 세계 여행을 마치고 돌아온 민영익은 자신이 보고 들은 미국과 영국 등의 서양 문물에 대해 고종에게 보고함.

조선을 바꾼 근대 문물

• [ㅈ][ㄱ]로 인해 교통과 통신이 발달함.
• 양복과 양장의 등장
• 양식의 등장
• 양옥의 등장

2 다음 그림에서 공통으로 설명하고 있는 것에 ○표 하세요.

엄마, 이제 바로바로 연락할 수 있어요!

먼 곳까지 바르게 데려다줄게!

(1) 근대 문물이 들어와서 생활이 불편해졌다.

(2) 근대 문물이 들어와서 생활이 무척 편리해졌다.

3 조선에 근대 문물이 들어와서 바뀐 것은 무엇인지 써 보세요.

조선에 들어온 근대 문물로 ✎

주제 어휘	부강	융성	풍족하다	근대	문물

4 다음 뜻에 알맞은 주제 어휘에 ○표 하세요.

(1) 나라의 재정이 넉넉하고 군사력이 강함. 　　　　　 부자 | 부강

(2) 기운차게 일어나거나 대단히 크고 넓게 퍼짐. 　　 융성 | 찬성

(3) 현대 사회의 특징이 나타나기 시작한 가까운 과거. 　 고대 | 근대

(4) 문화가 발전하면서 사람이 만들어 낸 학문·예술·기술 같은 것을 모두 이르는 말.
　　　　　　　　　　　　　　　　　　　　　　 문물 | 보물

5 다음 빈칸에 들어갈 알맞은 낱말을 주제 어휘에서 찾아 쓰세요.

(1) 백성들의 노력으로 나라가 (　　　　　)해졌다.

(2) 고종은 서양의 우수한 (　　　　　)을 적극 받아들였다.

(3) 그 집안은 돈을 많이 모아 생활이 (　　　　　)고 들었다.

(4) 철도와 전기는 (　　　　　)에 도입된 대표적인 기술이다.

6 다음 밑줄 친 말과 뜻이 비슷한 낱말을 주제 어휘에서 찾아 쓰세요.

　"나눌수록, 넉넉하다." 이것은 무슨 말일까요? 내가 가진 것을 나눌수록 오히려 마음이 넉넉해진다는 뜻이에요. 이런 경험을 해 본 적이 있나요? 대전에서 빵집을 운영하는 사장 최고봉 씨는 3년 전부터 혼자 사는 노인들이나 어려운 이웃에게 빵을 무료로 나눠 주고 있어요. 최고봉 씨는 3년 전 우연히 자신이 만든 빵을 보육원에 기부했는데, 그때 큰 행복을 느껴서 오늘날까지 선행을 이어 오고 있답니다.

(　　　　　　　　)

모차르트

모차르트
글 해리엇 캐스터
비룡소

어휘사전

* **연주** 악기를 다루어 음악을 표현하거나 들려주는 일.
* **재능**(才 재주 재, 能 능력 능) 타고나는 재주와 능력.
* **신동**(神 귀신 신, 童 아이 동) 재주와 슬기가 뛰어난 아이.
* **작곡** 음악에서 음의 흐름을 짓는 것.
* **오페라**(opera) 음악과 연극, 춤 등이 어우러진 종합 예술.

모차르트가 바이올린을 처음 켠 날은 더욱 놀라웠어요. 모차르트는 친구들과 함께 **연주***하는 아버지를 보고는 바이올린을 연주하게 해 달라며 졸랐어요. 그런데 모차르트가 연주를 시작하자 모두 깜짝 놀랐어요. 바이올린을 배운 적이 없는 모차르트가 너무나 완벽하게 연주를 했거든요!

모차르트의 아버지는 아들의 놀라운 **재능***을 다른 사람들에게도 알리고 싶었어요. 1762년 여섯 살이 된 모차르트는 아버지를 따라 첫 번째 연주 여행을 떠났어요.

곧 온 유럽에 음악 **신동*** 모차르트에 대한 소문이 퍼졌어요. 모차르트는 삼 년 동안 독일, 프랑스, 영국 등지에서 음악회를 열어 뛰어난 연주를 선보였지요.

모차르트는 잘츠부르크를 떠나 오스트리아의 수도인 빈으로 갔어요. 낮에는 곡을 쓰거나 부잣집 자녀들에게 피아노를 가르쳤어요. 저녁이면 귀족들이 연 음악회에 가서 음악을 연주하고, 새로 **작곡***한 곡을 선보였지요.

사람들은 모차르트의 음악을 좋아했어요. 모차르트가 만든 곡의 악보는 불티나게 팔려 나갔지요.

모차르트에게 곡을 써 달라는 사람이 점점 많아졌어요. 모차르트는 말을 타고 가다가도, 이발소에서 머리를 만지다가도, 당구를 치다가도 작곡을 했어요. 새로운 음악이 떠오르면 어디서나 곡을 쓴 거예요.

모차르트는 긴 곡도 아주 빨리 만들었어요. 악보도 다른 음악가들보다 빨리 썼고요.

모차르트의 장난기는 **오페라***를 만들 때 특히 빛을 발했어요. 모차르트는 가볍고 경쾌한 음악과 익살스러운 노랫말, 재미난 의상, 화려한 무대로 사람들을 놀라게 했어요. 오페라 「마술 피리」에서 나오는, ㉠깃털이 잔뜩 달린 의상도 모차르트의 아이디어였지요.

「피가로의 결혼」은 모차르트의 오페라 가운데서도 최고로 손꼽혀요. 얼마나 재미있던지 공연이 끝난 뒤에도 관객들이 집으로 돌아갈 생각을 하지 않았지요.

1

중심 내용

글쓴이가 이 글을 쓴 목적은 무엇인가요? (   )

① 모차르트의 삶과 재능에 대해 알려 주려고

② 모차르트 음악의 감상 방법을 설명해 주려고

③ 모차르트 음악이 왜 인기가 없었는지 알려 주려고

④ 모차르트의 아버지가 어떤 사람인지 소개하려고

⑤ 모차르트가 얼마나 장난기 있었는지 보여 주려고

2

내용 이해

모차르트에 대한 설명으로 알맞지 <u>않은</u> 것은 무엇인가요? (   )

① 모차르트는 음악을 빠르게 작곡했다.

② 모차르트의 음악은 사람들에게 인기가 있었다.

③ 모차르트는 여섯 살 때 유럽 연주 여행을 했다.

④ 모차르트는 배운 적 없는 악기를 완벽하게 연주했다.

⑤ 모차르트는 빈에서 작곡은 하지 않고 아이들을 가르쳤다.

3

적용 하기

다음 **보기**에 나온 「마술 피리」의 등장인물에 대한 설명을 바탕으로 ㉠은 누구의 옷인지 고르세요. (   )

┤ **보기** ├

「마술 피리」 줄거리

　밤의 여왕에게는 파미나라는 딸이 있었는데, 악당 자라스트로에게 잡혀가 갇혀 있는 신세다. 밤의 여왕은 타미노 왕자에게 마술 피리를 주며 파미나 공주를 구출해 오라고 한다. 타미노 왕자는 새잡이 파파게노의 도움을 받아 악당의 소굴에 갇힌 공주를 구하러 간다. 그런데 가서 보니 악당은 오히려 착한 사람이었고, 밤의 여왕이 나쁜 사람임이 밝혀진다.

① 밤의 여왕　　　② 파미나 공주　　　③ 타미노 왕자

④ 새잡이 파파게노　　　⑤ 악당 자라스트로

모차르트의 오페라

내가 만든 오페라는 역시 훌륭해!

1 우리가 모두 아는 동요 「반짝반짝 작은 별」은 바로 모차르트가 만든 것이다. 유명한 작곡가 모차르트는 다양한 종류의 음악을 600여 곡이나 만들었다. 그중에는 26편의 오페라도 있다. 오페라는 노래로 하는 연극으로 악기를 연주하는 사람들과 **지휘자***까지 갖추어 규모가 아주 크다. 모차르트는 세계적으로 유명한 오페라를 많이 남겼다.

2 「피가로의 결혼」은 모차르트의 대표적인 오페라이다. 1786년 처음 공연되었을 때부터 큰 인기를 끌었다. 연극은 여러 개의 **막***으로 짜여 있는데, 이 작품은 4막으로 이루어진 이야기이다. 「피가로의 결혼」은 알마비바 **백작***의 집안에서 하루 동안 벌어지는 일들을 담고 있다. 이 오페라는 알마비바 백작의 하인인 피가로와 수산나가 자신들의 결혼을 방해하는 백작을 속이고 무사히 결혼하는 내용이다.

3 또 다른 오페라로 「마술 피리」가 있다. 모차르트는 세상을 떠나기 두 달 전인 1791년 9월 30일에 이 작품을 완성하였다. 2막으로 이루어진 이 작품은 극장에서 100회 넘게 공연할 정도로 인기가 많았다. 등장인물로는 밤의 여왕과 그녀의 딸 파미나, 타미노 왕자, 새잡이 파파게노와 파파게나 등이 나온다. 파미나와 타미노, 파파게노와 파파게나가 악당인 밤의 여왕을 물리치고 사랑을 이룬다는 내용을 담고 있다.

4 모차르트의 오페라는 이전의 오페라들과 달랐다. 기존의 양식이나 유행을 따르지 않고 **관객***들에게 즐거움을 줄 수 있는 방법을 찾았다. 또한 오페라를 신분이 높은 사람뿐만 아니라 평범한 사람들도 즐길 수 있도록 만들었다. 그의 오페라들을 통해 밝고 **익살스러웠던*** 모차르트의 성격을 잘 알 수 있다.

어휘사전

* **지휘자** 노래나 연주를 지휘하는 사람.

* **막**(幕 막 막) 무대를 열고 닫는 것. 공연을 구분 지음.

* **백작** 신분이 높은 사람을 나타내는 계급 가운데 하나.

* **관객** 공연을 구경하는 사람.

* **익살스럽다** 남을 웃기려고 일부러 우스운 말이나 행동을 하는 데가 있다.

내용요약

글의 중심 내용을 생각하며 빈칸의 낱말을 써 보세요.

모차르트의 대표적인 ⬚⬚⬚ 작품으로 「피가로의 결혼」, 「마술 피리」 등이 있다. 모차르트의 오페라에는 밝고 익살스러운 모차르트의 성격이 잘 드러난다.

1

내용 이해

이 글에서 알 수 **없는** 내용은 무엇인가요? (   )

① 「마술 피리」의 완성 시기

② 「피가로의 결혼」의 줄거리

③ 모차르트가 작곡한 곡의 수

④ 모차르트 이전의 오페라 작품들

⑤ 모차르트의 오페라가 인기 있었던 까닭

2

글의 구조

모차르트의 오페라가 만들어진 순서를 고려하여, 다음 중 **보기**의 내용이 들어갈 알맞은 곳을 골라 번호를 쓰세요. (   )

┤ 보기 ├

「돈 조반니」는 1787년 단 6개월 만에 작곡한 2막짜리 작품이다. 주인공 돈 조반니는 여인들을 유혹하고 재빨리 다른 여인을 찾아 떠나 버리는 바람둥이이다. 이 작품은 전체적으로 밝은 내용이지만, 결말에 이르러 돈 조반니는 무서운 벌을 받게 된다. 모차르트는 이 나쁜 주인공에게 제대로 된 노래를 한 곡도 만들어 주지 않았다.

(1) **1**의 뒤   (2) **2**의 뒤   (3) **3**의 뒤   (4) **4**의 뒤

3

적용 하기

이 글을 읽고 떠올린 오페라 장면으로 알맞은 것에 ○표 하세요.

(1) 백작이 피가로와 수산나의 결혼을 응원하는 장면	(2) 밤의 여왕이 알마비바 백작의 속임수에 넘어가는 장면	(3) 타미노 왕자가 파미나 공주와 사랑을 이루어 행복하게 웃는 장면
( )	( )	( )

주제 정리 **1** 생각주제와 관련된 앞의 두 글을 읽고 내용을 정리해 보세요.

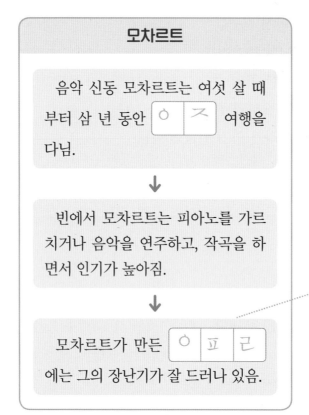

모차르트

> 음악 신동 모차르트는 여섯 살 때부터 삼 년 동안 ⟨ㅇ⟩⟨ㅈ⟩ 여행을 다님.

↓

> 빈에서 모차르트는 피아노를 가르치거나 음악을 연주하고, 작곡을 하면서 인기가 높아짐.

↓

> 모차르트가 만든 ⟨ㅇ⟩⟨ㅍ⟩⟨ㄹ⟩ 에는 그의 장난기가 잘 드러나 있음.

오페라	
뜻	노래로 하는 연극으로, 악기를 연주하는 사람들과 지휘자까지 갖춘 종합 예술.
모차르트의 오페라 작품	• 「피가로의 결혼」 (1786) • 「돈 조반니」 (1787) • 「마술 피리」 (1791)

2 다음 두 사람이 공통으로 설명하고 있는 것에 ○표 하세요.

모차르트는 아버지의 연주만 보고 배운 적도 없는 바이올린을 연주했대!

모차르트는 다섯 번째 생일을 하루 앞두고, 미뉴에트와 트리오를 30분 만에 다 익혔대.

(1) 천재적인 음악성을 타고난 모차르트

(2) 남들 앞에서 연주하는 것을 두려워한 모차르트

3 모차르트가 왜 사랑받았는지 자신의 생각을 써 보세요.

모차르트는 ✏

주제 어휘	연주	재능	작곡	막	관객

4 다음 주제 어휘의 뜻으로 알맞은 것을 찾아 선으로 이으세요.

(1) 연주 •

(2) 작곡 •

(3) 막 •

(4) 관객 •

• ㉠ 공연을 구경하는 사람.

• ㉡ 음악에서 음의 흐름을 짓는 것.

• ㉢ 무대를 열고 닫는 것. 공연을 구분 지음.

• ㉣ 악기를 다루어 음악을 표현하거나 들려주는 일.

5 다음 빈칸에 공통으로 들어갈 낱말을 주제 어휘에서 찾아 쓰세요.

(1)
• 내 동생은 나를 화나게 하는 데 [   ]이 있다.
• 그 가수는 출연료를 받지 않고 자신의 [   ]을 기부
  하였다.

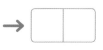

(2)
• 전통 악기인 단소는 [   ]하기가 어렵다.
• 피아니스트의 [   ]가 끝나자 사람들의 박수 소리가
  터져 나왔다.

6 다음 문장의 밑줄 친 말과 뜻이 비슷한 낱말에 ○표 하세요.

(1) 「마술 피리」는 모차르트가 <u>만든</u> 오페라이다. → 작용 / 작곡

(2) 이번에 개봉한 영화를 보려고 <u>사람</u>이 몰렸다. → 하객 / 관객

2장

2개의 글을 연결해
재미있게 읽어요~

달곰한 공부계획

거인
부벨라와
지렁이 친구

거인
부벨라와
지렁이 친구

글 조 프리드먼
주니어RHK

부벨라와 지렁이는 차를 마시면서 즐거운 시간을 보냈어요. 두 **친구**는 시간 가는 줄 모르고 이야기꽃을 피웠답니다.

"그런데 넌 지금 누구랑 살고 있니?"

"난 혼자 살아." / "왜?"

"부모님이 약초를 캐러 다부쉬타 정글로 가셨거든. 그동안 할머니가 오셔서 돌봐 주셨는데, 갑자기 할아버지가 편찮으신 바람에 할아버지가 계시는 작은 섬으로 돌아가셨어."

지렁이는 부벨라가 **안쓰러웠어요**. 지렁이들은 수많은 친척들이 가까이에서 함께 살았기 때문에 홀로 지내는 것이 어떤 생활일지 그저 짐작할 수밖에 없었답니다.

부벨라는 바나나 케이크를 먹고, 지렁이는 진흙 파이를 여기저기 파들어 가며 먹었어요.

"정말 맛있어. 흙 맛이 이렇게 다양하고 좋은지 몰랐어."

지렁이의 말에 부벨라는 ㉠드디어 기다리던 순간이 되었다고 생각했어요.

"네가 내 친구가 되어 준다면 어디든지 데리고 다닐게. 그러면 가는 곳마다 맛있는 흙으로 만든 훌륭한 파이를 맛보게 될 거야."

지렁이는 생각만 해도 **군침**이 돌았어요.

"그러면 너에게 좋은 점은 뭐야?"

"나를 무서워하지 않고 늘 **진실**을 말해 줄 수 있는 좋은 친구가 생기는 거지. 너를 만난 이후로 하루하루가 더없이 즐거워. 난 너와 헤어지고 싶지 않아."

지렁이는 잠시 생각에 잠기더니 미소를 지으며 말했어요.

"그건 나도 마찬가지야." / "너에게 줄 것이 또 있어."

부벨라는 커다란 성냥갑으로 만든 작은 상자를 꺼냈어요. 상자에는 가죽 줄이 달려 있었고, 안은 **근사한** 검은 흙으로 채워져 있었어요. 지렁이는 상자를 살피더니 안으로 기어들어 갔어요. 부벨라는 상자를 들어 올려 어깨에 매달았어요.

이제 지렁이는 새로운 집에서 세상을 내려다볼 수 있었고, 걸어 다닐 때도 부벨라와 이야기를 나눌 수 있었어요.

어휘사전

* **친구** 가깝게 오래 사귄 사람.

* **안쓰럽다** 어렵고 힘든 처지에 있는 사람이 가엾고 딱하다.

* **군침** 무엇이 먹고 싶어서 입안에 생기는 침.

* **진실**(眞 참 진, 實 열매 실) 거짓 없이 참되고 바른 것.

* **근사하다** 아주 그럴 듯하고 괜찮다.

1

중심
내용

이 글에서 일어난 가장 중요한 일은 무엇인가요? (   )

① 부벨라와 지렁이가 차를 마심.

② 부벨라의 부모님이 약초를 캐러 가심.

③ 부벨라와 지렁이가 친구가 되기로 함.

④ 부벨라가 지렁이에게 진흙 파이를 대접함.

⑤ 부벨라가 지렁이를 성냥갑 안에 집어넣음.

2

내용
이해

다음 중 이 글의 내용과 <u>다른</u> 것은 무엇인가요? (   )

① 지렁이는 수많은 친척들과 함께 살고 있다.

② 지렁이는 혼자 지내는 부벨라가 안쓰러웠다.

③ 지렁이는 부벨라에게 새로운 집을 선물받았다.

④ 지렁이는 다양한 흙 맛을 처음으로 느껴 보았다.

⑤ 지렁이는 부벨라에게 관심을 보인 두 번째 친구다.

3

추론
하기

㉠은 어떤 순간인지 알맞은 번호를 쓰세요.

(1) 부벨라가 지렁이와 헤어질 순간

(2) 지렁이가 진흙 파이를 칭찬하는 순간

(3) 지렁이에게 친구가 되자고 말할 순간

(   )

4

감상
하기

이 글을 바르게 감상한 친구를 찾아 ○표 하세요.

(1) 친구가 되기에는 둘의 몸집이 너무 차이 나는 거 아닐까?

(2) 혼자 지내는 부벨라에게 친구는 필요하지 않아 보여.

(3) 지렁이는 부벨라에게 언제나 진실을 말해 주는 친구가 되어 줄 거야.

(   )   (   )   (   )

진정한 우정의 의미

친구는 꼭 비슷한 **또래***거나 공통점이 있어야만 하는 것이 아니다. 『거인 부벨라와 지렁이 친구』의 거인과 지렁이는 서로 다른 존재임에도 좋은 친구가 되었다. 이처럼 친구는 서로 나이가 다르거나 사는 나라가 달라도 마음만 맞으면 얼마든지 될 수 있다. 친구는 마음을 나누는 **존재***이기 때문이다.

새 학년이 시작되면 우리는 새로운 아이들을 만나게 된다. 그런데 모두와 가깝게 지내는 것은 아니다. 그중에서 나와 마음이 잘 맞고, 나를 이해해 주고, 같이 대화하는 것이 즐거운 아이와 더 가깝게 지내게 된다. 이렇게 친구는 우리가 자라면서 가족을 떠나서 처음 맺는 **관계***이다.

더불어 살아가는 세상에서 친구를 사귀는 것은 중요하다. ⟨ ㉠ ⟩ 우리에게 마음을 터놓을 친구가 없다면 우리 삶은 외로울 것이기 때문이다. 사람은 혼자서 할 수 없는 것이 많다. 대화는 두 사람이 있어야 가능하고, 무거운 물건은 같이 들수록 가볍다. 그리고 친구는 언제나 우리를 지지해 주는 큰 힘이 되어 준다. 고민이 있을 때 친구에게 말하면 훨씬 나아진다. 또 같이 운동하거나 음악을 듣거나 게임을 하면 더 즐겁다. 바로 **공감***의 힘 덕분이다.

친구와 함께 시간을 보내다 보면 **우정***을 쌓을 수 있다. 우정이란 두 사람 사이에서 느끼는 친근한 감정으로, 서로를 존중하고 이해하는 데서 출발한다. 그런데 진정한 우정을 쌓고, 그 우정을 유지하는 일은 어렵다. 왜냐하면 우정은 노력에 따라 잘 생기기도 하지만, 쉽게 없어질 수도 있기 때문이다. 진정한 우정을 쌓기 위해서는 진실과 **믿음***이 가장 중요하다. 친구에게는 항상 거짓 없이 정직하게 말하고 행동해야 한다. 또 친구를 의심하거나 오해하는 마음을 키워서는 안 된다. 이 두 가지를 지키면 우정은 더욱 깊어질 것이다.

어휘사전

* **또래** 나이나 수준이 서로 비슷한 무리.

* **존재**(存 있을 존, 在 있을 재) 현실에 실제로 있음. 또는 그런 대상.

* **관계**(關 빗장 관, 係 맬 계) 둘 이상의 사람이나 사물 등이 서로 영향을 주고받도록 되어 있는 것.

* **공감** 다른 사람의 감정·의견·주장에 대하여 자기도 그렇다고 느끼는 기분.

* **우정** 친구 사이에서 느끼는 친근한 마음.

* **믿음** 믿는 마음.

내용요약

글의 중심 내용을 생각하며 빈칸의 낱말을 써 보세요.

친구는 ⟨ㅁ ㅇ⟩을 나누는 존재이자 가족을 떠나서 처음 맺는 관계이다. 진정한 우정을 쌓기 위해서는 진실과 ⟨ㅁ ㅇ⟩이 가장 중요하다.

1

내용
이해

이 글의 내용과 일치하지 <u>않는</u> 것은 무엇인가요? (   )

① 친구는 마음을 나누는 존재이다.

② 친구는 우리가 가족을 떠나 처음 맺는 관계이다.

③ 우정은 서로를 존중하고 이해하는 데서 출발한다.

④ 우정은 두 사람 사이에서 느끼는 친근한 감정이다.

⑤ 우정은 한번 관계를 맺으면 유지하기가 무척 쉽다.

2

글의
구조

㉠에 들어갈 이어 주는 말로 알맞은 것은 무엇인가요? (   )

① 그리고   ② 그래서   ③ 덕분에

④ 그러나   ⑤ 왜냐하면

3

추론
하기

이 글에서 말한 친구와 함께하는 모습으로 알맞지 <u>않은</u> 그림에 ○표 하세요.

(1)   (2)   (3)

(   )   (   )   (   )

4

비판
하기

우정의 진정한 의미를 알맞게 이해한 친구는 누구인가요? (   )

① 정탁: 친구를 완전히 믿으면 안 돼.

② 민수: 친구에게 거짓말해도 괜찮아.

③ 경민: 친구는 서로 경쟁하는 관계일 뿐이야.

④ 애린: 친구에게는 항상 솔직하게 털어놓고 있어.

⑤ 상희: 살아가면서 좋은 친구를 사귀는 일은 중요하지 않아.

주제 정리 1 생각주제와 관련된 앞의 두 글을 읽고 내용을 정리해 보세요.

진정한 우정

서로를 이해하고 존중하는 것에서 출발하여 진실과 [ㅁ][ㅇ]을 바탕으로 하는 관계

친구의 의미

친구는 마음을 나누는 [ㅈ][ㅈ]이자 가족을 떠나서 처음 맺는 관계임.

친구가 필요한 까닭

친구가 없다면 우리 삶은 외로울 것이고, 친구는 우리를 지지해 주는 큰 [ㅎ]이 되어 줌.

---

2 다음 중 진정한 우정을 나누는 모습으로 알맞은 것 두 가지를 골라 ○표 하세요.

(1) 이번에 친구보다 점수가 안 나와서 정말 속상하다.

(2) 나는 누구보다 똑똑한데, 다른 친구가 안 알아 줘서 얄밉다.

(3) 친구와 이번 시험을 잘 보자고 약속해서, 열심히 공부하게 되었다.

(4) 친구가 힘들어해서 오랫동안 이야기를 들어 주고 공감해 주었다.

---

3 친구와 우정을 쌓기 위해 노력한 경험을 써 보세요.

나는 친구와 잘 지내기 위해 ✎

주제 어휘	친구	진실	또래	공감	우정

4 다음 뜻에 알맞은 주제 어휘에 ○표 하세요.

(1) 가깝게 오래 사귄 사람.   친구 | 친척

(2) 거짓 없이 참되고 바른 것.   손실 | 진실

(3) 나이나 수준이 서로 비슷한 무리.   또래 | 술래

(4) 다른 사람의 감정·의견·주장에 대하여 자기도 그렇다고 느끼는 기분.

공감 | 정감

5 다음 빈칸에 공통으로 들어갈 낱말을 주제 어휘에서 찾아 쓰세요.

(1)
- 그 사람은 [   ]만 말할 것을 맹세하였다.
- [   ]은 어느 곳에서나 통하게 되어 있다.

→ [   ]

(2)
- 오성과 한음의 특별한 [   ]이 정말 부러워.
- 친구와 진정한 [   ]을 쌓으려면 노력해야 해.

→ [   ]

6 다음 밑줄 친 말과 뜻이 비슷한 낱말을 주제 어휘에서 찾아 쓰세요.

사람은 다른 사람의 감정이나 생각을 <u>같이 느낄 수 있는</u> 특성이 있다. 이 특성은 사람과 동물을 구별 짓는 중요한 요소이다. 누가 힘든 일이 있어서 울고 있으면 같이 눈물이 나기도 하고, 웃는 표정을 보면 슬며시 따라 웃게 된다. 친구 사이에 이러한 감정을 느끼고 서로 표현하는 것은 중요한 일이다.

(   )

엉뚱이 소피의 못 말리는 패션

> **엉뚱이 소피의 못 말리는 패션**
> 글 수지 모건스턴
> 비룡소

초등학교에 입학하자, 소피는 너무나도 이상하게 옷을 입고 다녀서 선생님이 어찌할 바를 모르게 했다. 하지만 소피는 분명히 발은 두 개인데, 왜 사람들은 똑같은 구두 두 짝을 신는지, 또 왜 같은 색깔의 양말 두 짝을 신는지 도무지 이해할 수 없었다. 한 짝밖에 없는, 그러니까 쌍둥이가 아닌 양말은 소피에게 보물과도 같은 것이었다. 소피는 **균형***이나 단순함을 싫어했다.

소피는 집에 있는 걸 가지고 자기가 알아서 꾸려 나갔다. 필요하면 엄마 서랍이나 아빠 옷장을 뒤지는 일도 서슴지 않았다. 무늬나 색깔이 마음에 들면 자기 몸이 다섯 개는 들어갈 것 같은 커다란 아빠 와이셔츠도, 땅바닥에 질질 끌리는 엄마 치마도 다 꺼내 왔다. 소피는 외동딸인 데다 용감하고 영리하고 **독창적***이며 아주 귀여웠기 때문에 부모님은 소피가 하는 대로 가만히 내버려 두었다.

하지만 선생님으로부터 다음과 같은 **경고***성 편지를 받은 날에는 소피 부모님도 약간 걱정을 하지 않을 수 없었다.

소피 부모님께

우리 학교에서는 다음과 같은 **복장***을 엄격히 금지하고 있음을 삼가 알려 드립니다.

1. 비단 꽃, 플라스틱 새, 타조 깃털, 커다란 진주 장식이 달려 있는 밀짚모자를 훔쳐 쓰고 오는 것.
2. 세 개 이상의 목걸이나, 금속 벨트 혹은 스카프를 착용하는 것.
3. '학교가 싫어요.', '어유!', '가만히 놔둘 것.' 같은 **불순***한 말이 적힌 티셔츠를 입고 오는 것.
4. 모피나 금속성 실로 짜서 번쩍거리는 스웨터 혹은 이와 **유사***한 망토를 걸치고 오는 것.
5. 한꺼번에 두 개 이상의 벨트를 하는 것.
6. 한꺼번에 두 개 이상의 치마를 입는 것.

이뿐만 아니라, 양말과 신발을 짝짝이로 신고 오지 않도록 도와주시기 바랍니다. 소피 부모님의 깊은 이해와 협조 부탁드립니다.

담임 교사 필리베르 드림.

어휘사전

* **균형** 어느 한쪽으로 치우치거나 기울어지지 않은 상태.

* **독창적** 다른 것을 흉내 내지 않고 새로운 것을 생각해 내거나 만들어 내는 것.

* **경고** 어떤 일을 조심하라고 미리 알려 주는 것.

* **복장** 옷차림. 입고 있는 옷.

* **불순**(不 아닐 불, 順 순할 순) 예의가 없고 공손하지 않음.

* **유사** 서로 비슷함.

1
중심
내용

다음 빈칸에 알맞은 말을 넣어 이 글의 중심이 되는 일이 무엇인지 완성하세요.

> 소피의 부모님은 필리베르 선생님으로부터 소피가 학교에 지나치게 자유로운
> ☐☐ 을 하고 오지 않도록 도와 달라는 편지를 받게 된다.

2
추론
하기

소피의 복장을 상상한 것으로 알맞지 <u>않은</u> 것은 무엇인가요? (   )

① 색깔이 서로 다른 양말
② 황금빛으로 번쩍거리는 망토
③ 커다란 아빠 와이셔츠에 금속 벨트
④ 만화 주인공 캐릭터가 그려진 티셔츠
⑤ 깃털과 꽃 장식이 달려 있는 밀짚모자

3
추론
하기

필리베르 선생님이 소피의 부모님에게 편지를 쓴 까닭으로 알맞은 것을 찾아 번호를 쓰세요.

> (1) 예의 바르지 못한 말이 적힌 옷을 어디서 샀는지 궁금해서이다.
> (2) 자신의 옷을 잃어버린 줄 알고 있을 소피의 엄마에게 알리기 위해서이다.
> (3) 소피에게 자유로운 복장 대신 학교 규칙에 맞는 옷을 입게 하기 위해서이다.

(   )

4
감상
하기

이 글을 읽고 난 감상을 바르게 말한 친구의 이름을 쓰세요.

소피가 옷을 입을 때 독창적으로 생각하는 게 아주 유쾌했어.

정아

소피가 부모님의 말씀을 듣지 않고 멋대로 행동해서 화가 났어.

동민

소피의 옷차림을 샘내거나 놀리는 친구들이 나쁘다고 생각했어.

가희

(   )

나를 표현하는 개성

나는 이 세상에서 하나뿐인 존재이다. 나와 같은 얼굴 생김새와 말투를 지니고, 나처럼 생각하고 행동하는 사람은 지구에서 나뿐이다. 사람은 저마다 키가 크거나 작고, 성격이 활발하거나 조용하다는 등의 특징을 가지고 있다. 이렇게 한 사람이 지닌, 남과 구별되는 특성을 '**개성***'이라고 한다.

만약 지구에 사는 모든 사람이 자신만의 개성이 없고 똑같다면 어떨까? 나무마다 나뭇잎 모양과 색이 다 똑같고, 피어나는 꽃의 모습이 같다면 얼마나 지루하게 느껴질까? 우리가 사는 지구가 아름다운 이유는 식물과 동물들이 저마다 다른 모습을 하고, 변화하는 계절에 맞게 다양하게 **성장***하기 때문이다. 사람도 마찬가지이다. 사람도 서로 다른 외모와 성격, 행동 방식과 태도를 가지고 있다. 이에 따라 나와 다른 남에게서 서로 다른 점을 배우고, 여럿과 다른 나만의 특성을 두드러지게 키울 수 있다. 세상에서 하나뿐인 '나'로 성장할 수 있는 것이다.

『엉뚱이 소피의 못 말리는 패션』 이야기 속 소피는 왜 양말 두 짝의 색깔을 다르게 신고, 부모님의 옷을 입고 학교에 가는 것일까? 소피에게 옷이란 개성의 **표현***이기 때문이다. 우리는 보통 평상시에 사람들이 모이는 장소에 갈 때는 어떤 옷차림을 해야 한다는 **고정 관념***이 있다. 그런데 곰곰이 생각해 보면, 얼마든지 다르게 옷을 입을 수도 있다. 소피는 익숙한 것을 다르게 보면서 새로운 것에 도전하기를 좋아하는 **창의적***인 성향을 지니고 있다. 그래서 옷으로 여러 가지를 실험해 본 것이다.

우리는 각자의 개성을 어떻게 찾아내고 표현해야 할까? 먼저 나를 있는 그대로 이해하고 나만의 개성을 인정해 보자. 내가 어떤 것에 흥미를 느끼고, 그것을 어떻게 표현하는지 관찰하자. 또 다른 사람의 개성을 눈여겨보는 것도 좋다. '다른 사람은 이런 개성이 있구나.' 하고 이해하면 그 사람과 다른 나만의 개성이 더 잘 보이기 때문이다.

어휘사전

* **개성**(個 낱 개, 性 성품 성) 사람마다 가지고 있는, 남과 다른 특성.

* **성장**(成 이룰 성, 長 길 장) 자라서 점점 커지는 것.

* **표현** 느낌이나 생각을 말·글·예술 작품 등으로 나타내는 것.

* **고정 관념** 머릿속에 이미 굳게 자리 잡아서 쉽게 바뀌지 않는 생각.

* **창의적** 지금까지 없던 것을 처음으로 생각해 내는 것.

내용요약

글의 중심 내용을 생각하며 빈칸의 낱말을 써 보세요.

한 사람이 지닌, 남과 구별되는 특성을 [ㄱ] [ㅅ] 이라고 한다. [ㄱ] [ㅅ] 은 사람마다 달라서 이를 키워 나가면 하나뿐인 '나'로 성장할 수 있다.

1 이 글의 내용과 일치하지 <u>않는</u> 것은 무엇인가요? (   )

내용
이해

① 개성이 있어서 사람은 다른 점을 서로 배울 수 있다.
② 나의 개성이 무엇인지 찾아보려는 노력이 필요하다.
③ 저마다 자신을 나타내는 특성인 개성을 지니고 있다.
④ 지구에 사는 사람들은 모두 비슷한 개성을 가지고 있다.
⑤ 다른 사람과의 비교를 통해 나의 개성을 찾을 수도 있다.

2 다음 중 개성을 올바르게 표현한 예를 찾아 번호를 쓰세요.

적용
하기

(1) 찬영이는 운동 신경이 좋다. 그래서 친구들을 괴롭히고 도망가기 일쑤다.
(2) 도현이는 모험심이 강하다. 그래서 출입이 금지된 위험한 장소에 들어간다.
(3) 민정이는 상상력이 풍부하다. 그래서 색깔 모래를 이용해 스케치북에 우주를 표현한다.

(   )

3 다음 대화에서 개성에 대해 바르게 이해한 친구의 이름을 쓰세요.

비판
하기

| 태형 | 사람은 다 비슷한데 개성이 왜 중요해? |

| 개성은 사람마다 달라. 남과 나를 구별 짓는 특성이야. | 준수 |

| 태형 | 그래? 그렇다면 다른 사람의 개성보다 내 개성이 제일 멋질 거야. |

| 다른 사람의 개성도 존중하고 인정할 줄 알아야 해. | 준수 |

(   )

생각주제 07 자란다 문해력

**주제
정리**

1 생각주제와 관련된 앞의 두 글을 읽고 나만의 개성을 예3의 빈칸에 써 보세요.

개성

한 사람이 지닌, 남과 구별되는 특성으로 서로 다른
외모와 성격, 태도 등이 있음.

예1
**엉뚱이 소피의
못 말리는 패션**

한 짝밖에 없는, 그
러니까 쌍둥이가 아
닌 양말은 소피에게
보물과도 같은 것이
었다. 소피는 새로운
실험을 좋아했다.

예2
나를 표현하는 개성

우리는 어떤 옷차림
을 해야 한다는 고정
관념이 있다. 그런데
곰곰이 생각해 보면,
얼마든지 다르게 옷
을 입을 수도 있다.

예3

2 개성에 대한 설명으로 알맞은 것 두 가지를 골라 ○표 하세요.

(1) 다른 사람보다 나의 개성이 더
뛰어나다.

(2) 사람마다 가지고 있는 개성은 모
두 다르다.

(3) 모든 개성이 다 존중받아야 하는
것은 아니다.

(4) 나의 개성을 있는 그대로 인정하
는 태도를 지녀야 한다.

3 나만의 개성이 왜 중요한지 자신의 생각을 써 보세요.

개성은 ✎

| 주제 어휘 | 독창적 | 복장 | 개성 | 성장 | 표현 |

4 다음 뜻에 알맞은 **주제 어휘**에 ○표 하세요.

(1) 자라서 점점 커지는 것.

| 저장 | 성장 |

(2) 사람마다 가지고 있는, 남과 다른 특성.

| 지성 | 개성 |

(3) 느낌이나 생각을 말·글 예술 작품 등으로 나타내는 것.

| 재현 | 표현 |

(4) 다른 것을 흉내 내지 않고 새로운 것을 생각해 내거나 만들어 내는 것.

| 독창적 | 모방적 |

5 다음 빈칸에 들어갈 알맞은 낱말을 **주제 어휘**에서 찾아 쓰세요.

(1) 개구쟁이가 어느새 반듯한 어른으로 (   )하였다.

(2) 학생들은 놀이동산에 어울리는 (   )을 하고 왔다.

(3) 나는 책을 읽고 난 감상을 글로 적어서 (   )하였다.

(4) 한글은 우리말 소리를 그대로 담는 (   )인 글자이다.

6 다음 밑줄 친 말과 뜻이 비슷한 낱말을 **주제 어휘**에서 찾아 쓰세요.

옷은 옛날이나 지금이나 몸을 보호하고 체온을 유지하려고 입는다. 그런데 요즘은 옷을 통해 남과 다른 자신만의 특성을 표현하려는 사람들이 많다. 만약 어떤 나이 든 사람이 젊은이들이 주로 입는 청바지를 즐겨 입는다면 '젊게' 사는 사람이라는 것을 나타내고 싶어서일 수 있다. 또 어떤 색깔의 옷들을 자주 입는가에서도 그 사람의 성격이 드러난다.

(   )

단추 마녀의 수상한 식탁

단추 마녀의
수상한 식탁

글 정란희
키다리

"얼른 밥 먹고 학교 가, 엄마가 최고의 영양식을 준비했으니까."

엄마가 민수를 보며 엄청 뿌듯한 얼굴로 말했어요. 하지만 민수는 아침밥이 먹기 싫었어요. 시금칫국과 고등어구이, 당근이 들어간 계란말이, 양파가 보이는 오이무침, 구운 김과 김치, 그리고 당근 주스. 민수가 좋아하는 건 하나도 없었어요. ㉠민수는 식탁을 멍하게 바라보기만 했어요.

"㉡이런 거 말고 다른 거 없어?"

'햄버거와 콜라 같은 거'라는 뒷말을 내뱉기도 전에 엄마의 얼굴이 일그러졌어요.

"뭐라고? 너 또 **인스턴트식품***이 먹고 싶은 거야? 그러니까 만날 골골거리지."

"그래도 난 그런 게 더 맛있어."

"햄버거 같은 건 건강에도 안 좋고, 살만 찌우는 **음식***이야. 게다가 콜라, 사이다 같은 탄산음료는 또 어떤 줄 알아? 엄청난 **당분***이 들어 있어서 이를 썩게 할 뿐만 아니라……."

민수는 얼른 귀를 꽉 막았어요. 엄마의 목소리는 들리지 않았어요. 엄마의 입 모양이 붕어 입처럼 벙긋벙긋했어요.

"어머, 이 녀석이!"

그때 콜록콜록 기침이 터졌어요.

"민수, 너 만날 그렇게 **편식***하니까 감기를 달고 사는 거야. 건강한 음식을 골고루 먹어야지."

엄마의 **성화***에 민수는 숟가락을 들었지만 정말 먹기 싫었어요. 계란말이에 들어 있는 당근은 작게 잘라서 골라낼 수도 없어요. 미끌미끌 양파는 생각만 해도 끔찍해요. 시금치는 아무 맛도 없이 끈적거리는 게 꼭 삶은 풀을 먹는 것 같아요. 멸치는 또 어떻고요. 멸치는 너무 비리고 맛도 없어서 정말 '웩'이에요.

기름지고 달콤한 햄버거를 한 입 물고는 시원한 콜라를 한 모금 들이키면? 으음, 생각만 해도 침이 꼴깍 넘어갔어요. 햄버거 생각을 하면서 밥상을 보니 입맛이 싹 달아났어요.

어휘사전

* **인스턴트식품** 쉽게 먹을 수 있도록 미리 인공적으로 처리한 식품.

* **음식** 사람이 영양과 맛을 위해 먹고 마시는 것.

* **당분**(糖 사탕 당, 分 나눌 분) 단맛이 있는 성분.

* **편식**(偏 치우칠 편, 食 먹을 식) 좋아하는 음식만 가려서 먹음.

* **성화** 몹시 조르면서 귀찮게 하는 것.

1 이 글의 내용과 일치하는 것은 무엇인가요? (   )

내용 이해

① 민수는 편식하지 않는다.

② 민수는 감기에 자주 걸리지 않는다.

③ 민수는 평소에 인스턴트식품을 먹지 않는다.

④ 엄마는 민수가 음식을 골고루 먹기를 바란다.

⑤ 민수가 편식 때문에 잔소리를 듣는 것은 오늘이 처음이다.

2 민수가 ㉠과 같이 행동한 까닭은 무엇인가요? (   )

추론 하기

① 아침이라 잠이 안 깨서

② 음식이 소화가 잘 안 돼서

③ 어제부터 감기 기운이 있어서

④ 엄마가 아침부터 잔소리를 해서

⑤ 민수가 먹기 싫은 음식들만 차려져 있어서

3 밑줄 친 ㉡에 해당하는 음식을 **보기**에서 두 가지 골라 쓰세요.

내용 이해

보기
피자   인스턴트식품   당근 주스
콜라   햄버거   시금칫국

(   ), (   )

4 이 글에 쓰인 다음 문장에서 밑줄 그은 낱말이 모양을 흉내 내는 말인 것을 찾아 ○표 하세요.

어휘 이해

(1) 그때 <u>콜록콜록</u> 기침이 터졌어요.	(2) 엄마의 입 모양이 붕어 입처럼 <u>벙 긋벙긋</u>했어요.

(   )   (   )

영양소의 종류와 기능

사람은 끊임없이 몸을 움직이며 살아간다. 몸속 기관도 마찬가지이다. 우리가 잠을 자는 동안에도 심장과 허파는 쉬지 않고 일한다. 이를 위해 우리는 매일 여러 가지 음식을 먹는다. 한두 끼만 안 먹어도 배가 고프고 기운이 없다.

음식물에 있는 성분 중에서 **에너지***를 내는 데 필요한 영양을 얻을 수 있는 물질을 **영양소***라고 한다. 사람이 건강하게 살아가려면 50가지 정도의 영양소가 필요하다. 그중 우리 몸에 꼭 필요한 3대 영양소는 탄수화물, 단백질, 지방이다. 또 물, **무기질***, 비타민 등도 중요한 영양소이다.

먼저 탄수화물은 우리 몸에 꼭 필요한 에너지를 만드는 대표적인 영양소로, 주로 곡식에 많이 들어 있다. 우리는 매일 먹는 쌀밥이나 면 요리, 빵 등 곡식을 통해 탄수화물을 **공급***받을 수 있다. 그리고 단백질은 에너지를 만들고, 우리 몸의 뼈와 근육, 혈액, 머리카락을 만드는 영양소이다. 이러한 단백질은 고기나 생선, 콩, 달걀 등에 많이 들어 있다. 지방은 적은 양으로 많은 에너지를 내는 영양소로, 돼지고기나 버터, 견과류에 많이 들어 있다.

물, 무기질, 비타민은 우리 몸을 이루고, 우리가 살아가는 데 다양한 기능을 한다. 물은 우리 몸의 60~70% 정도를 이루는 물질이다. 몸의 각 부분이 일을 잘하게 도와주는 무기질과 비타민은 채소와 과일에 많이 들어 있다.

건강하게 살아가기 위해서는 영양소를 골고루 **섭취***해야 한다. 특히 한창 성장하는 청소년기에 영양소를 충분히 섭취하지 못하면 키가 안 자라고 뇌세포가 발달하지 못한다. 밥과 반찬, 간식을 먹을 때 영양소가 골고루 들어가 있는지 살펴보자. 또 특정한 음식을 먹지 않거나 좋아하는 음식만 먹는 등 편식하지 않도록 하자.

어휘사전

* **에너지**(energy) 일을 할 수 있는 사람 몸의 힘.

* **영양소** 생물이 영양을 얻는 물질.

* **무기질** 생명 활동에서 필수적인 나트륨, 철, 칼슘 같은 영양소.

* **공급** 필요한 것을 마련하여 주는 것.

* **섭취** 영양분을 몸속으로 빨아들이는 것.

내용요약

글의 중심 내용을 생각하며 빈칸의 낱말을 써 보세요.

ㅇ ㅇ ㅅ 란 에너지를 내는 데 필요한 영양을 얻고 우리 몸을 구성하는 물질이다. 우리가 살아가는 데는 3대 영양소인 탄수화물, 단백질, 지방과 물, 무기질, 비타민 등이 꼭 필요하다.

1

내용
이해

이 글의 내용과 일치하지 <u>않는</u> 것은 무엇인가요? (   )

① 사람이 살아가기 위해서는 영양소가 필요하다.

② 사람은 음식을 먹어서 영양소를 섭취해야 한다.

③ 청소년기에 영양소를 충분히 섭취해야 키가 큰다.

④ 무기질과 비타민은 채소나 과일에 많이 들어 있다.

⑤ 사람이 건강하게 살아가려면 5가지의 영양소만 필요하다.

2

추론
하기

글쓴이가 이 글을 쓴 목적은 무엇인가요? (   )

① 지식을 알려 주려고

② 감동을 느끼게 하려고

③ 재미를 느껴 즐겁게 하려고

④ 전문가의 의견을 알려 주려고

⑤ 여러 가지 의견을 비교해 보려고

3

적용
하기

다음 설명에 해당하는 각각의 영양소를 **보기**에서 골라 쓰세요.

┤ **보기** ├

| 탄수화물 | 지방 | 단백질 | 물 | 비타민 |

(1)
　우리 몸의 60~70% 정도를 이루는 물질이다.

(2)
• 뼈, 근육, 혈액, 머리카락을 만든다.
• 고기, 생선, 콩, 달걀 등에 많이 들어 있다.

(3)
• 우리 몸에 꼭 필요한 에너지를 가장 많이 만든다.
• 쌀, 밀 등의 곡식에 들어 있다.

(   ) (   ) (   )

 1 생각주제와 관련된 앞의 두 글을 읽고 내용을 정리해 보세요.

> ### 균형 잡힌 식사의 중요성
> 우리가 에너지를 얻어서 건강하게 살아갈 수 있게 도와줌.

> ### 우리 몸에 중요한 영양소
> - | ㅌ | ㅅ | ㅎ | ㅁ |, 지방, 단백질은 우리 몸에 반드시 필요한 3대 영양소임.
> - 물, | ㅁ | ㄱ | ㅈ |, 비타민은 우리 몸의 기능을 조절하는 중요한 영양소임.

> ### 올바른 영양소 섭취 방법
> - 완두콩, 당근, 멸치 같은, 영양이 가득한 음식을 고루 먹음.
> - | ㅇ | ㅅ | ㅌ | ㅌ | 식품은 되도록 멀리함.
> - 편식하지 않도록 해야 함.

2 편식을 하는 민수에게 들려줄 말로 알맞은 것을 골라 ○표 하세요.

> (1) "음식은 맛이 중요하니까 맛있는 피자나 햄버거를 마음껏 먹는 게 좋아."

> (2) "당근 주스에는 우리 몸에 꼭 필요한 영양소인 무기질과 비타민이 들어 있으니 꼭 먹는 게 좋아."

3 영양소 섭취가 왜 중요한지 자신의 생각을 써 보세요.

영양소는 ✎ _____

_____

_____

| 주제 어휘 | 음식 | 편식 | 에너지 | 공급 | 섭취 |

4 다음 주제 어휘의 뜻으로 알맞은 것을 찾아 선으로 이으세요.

(1) 편식 •

(2) 에너지 •

(3) 공급 •

(4) 섭취 •

• ㉠ 일을 할 수 있는 사람 몸의 힘.

• ㉡ 필요한 것을 마련하여 주는 것.

• ㉢ 좋아하는 음식만 가려서 먹는 것.

• ㉣ 영양분을 몸속으로 빨아들이는 것.

5 다음 빈칸에 공통으로 들어갈 낱말을 주제 어휘에서 찾아 쓰세요.

(1)
• 꽃이 잘 자라도록 물을 [   ]해 주었다.
• 텔레비전은 전기를 [   ]받아서 작동한다.

→ [|]

(2)
• 영양은 약보다 [   ]을 통해 얻는 것이 좋다.
• 좋아하는 [   ]만 먹는 편식은 몸에 좋지 않아.

→ [|]

6 다음 문장의 밑줄 친 말과 바꿔 쓸 수 있는 낱말에 ○표 하세요.

(1) 영양소를 고루 <u>흡수</u>하는 것은 정말 중요하다. → [섭취] [발산]

(2) 우리 몸은 탄수화물과 지방 같은 영양소에서 <u>힘</u>을 얻어. → [에너지] [메시지]

옛날 관청과 공공시설

옛날 관청과
공공시설
글 우리누리
주니어중앙

어휘사전

＊**순찰** 여러 곳을 돌아다니며 사정을 살핌.

＊**포졸**(捕 사로잡을 포, 卒 마칠 졸) 옛날에 죄를 지은 사람을 잡거나 순찰을 하던 사람.

＊**동헌**(東 동쪽 동, 軒 추녀 헌) 옛날에 고을 수령이 고을 일을 처리하던 건물.

＊**도적** 남의 물건을 훔치거나 빼앗는 짓을 하는 사람.

＊**지체** 대대로 내려오는 집안의 사회적 신분.

＊**포도청** 옛날에 도둑이나 죄를 지은 사람을 잡아 다스리던 곳.

순찰＊을 나갔던 포졸＊ 하나가 구르듯 동헌＊으로 달려 들어왔어요. 아마도 무슨 급한 일이 생긴 모양이에요.

"대장님, 대장님! 크, 큰일 났습니다."

포도부장들과 회의를 하고 있던 포도대장이 벌떡 일어났어요. 포도부장 한 사람은 버선발로 마당으로 뛰어내려 왔지요.

"또 무슨 일이냐?"

포졸은 숨을 한 차례 몰아쉬더니 무릎을 꿇고 앉으며 말했어요.

"지난밤 김 대감 댁에 도둑이 들었다고 합니다."

포도대장은 자리에 쓰러지듯 털썩 주저앉았어요. 네 명의 포도부장들도 어찌할 바를 모르고 우왕좌왕하면서 한숨만 쉬었지요. 꿇어앉은 포졸은 마치 자기가 무슨 잘못을 저지르기나 한 것처럼 윗사람들의 눈치만 살필 뿐이었어요.

한참 후에 포도부장 한 사람이 꿇어앉은 포졸에게 나가라는 손짓을 하였어요. 그때였어요.

"이게 무슨 망신이야! 엉!"

포도대장이 갑자기 크게 소리를 지르자, 일어나려 하던 포졸은 놀라서 다시 무릎을 꿇고 말았어요. 함께 있던 포도부장들도 모두 머리를 조아렸고요.

"도대체 포도부장들은 무얼 하는 게야. 그까짓 도적＊을 아직도 잡지 못하고 있다니. 에잉, 창피해서 살 수가 있나. 이제는 김 대감 댁까지 도둑이 들었다니, 그놈이 도대체 누구란 말인가 ……."

포도대장은 뒷짐을 진 채 동헌을 왔다 갔다 하며 화를 냈어요. 동헌 마당에 있던 포졸들은 얼굴도 들지 못했어요. 며칠 전에도 지체＊ 높은 양반 집에 도둑이 들었거든요. 그런데 어젯밤에 또 김 대감 집에 도둑이 들었으니, 포도청＊과 포도대장의 체면이 땅으로 떨어지고 만 거지요.

"당장 나가서 도둑을 잡아 와. 당장!"

1 이 글의 주제를 생각할 때 가장 중심이 되는 장면을 찾아 번호를 쓰세요.

중심
내용

(1) 포졸 하나가 동헌으로 구르듯이 들어오는 장면
(2) 포도대장이 화를 내며 도적을 잡아 오라고 소리치는 장면

(   )

2 이 글에 나오는 인물과 그 설명이 바르게 짝 지어지지 <u>않은</u> 것은 무엇인가요?

추론
하기

(   )

① 김 대감 – 지체 높은 양반
② 포도대장 – 포도청의 가장 높은 사람
③ 도적 – 양반집 두 곳에서 물건을 훔친 사람
④ 포도부장 – 포졸보다 낮은 자리에 있는 사람
⑤ 포졸 – 죄를 지은 사람을 잡거나 순찰을 하는 사람

3 다음 보기를 바탕으로 이 글을 감상한 내용으로 알맞은 것에 ○표 하세요.

감상
하기

┤ 보기 ├

　　조선 시대에는 '포도청'이라는 나라의 기관이 있었다. 포도청이란 오늘날의 경찰서로, 도둑이나 죄를 저지른 사람을 잡는 일을 하는 곳이었다. 옛 속담 중에 '목구멍이 포도청이다'라는 말이 있다. 이 속담은 먹고살기 어려워 포도청에 잡혀갈 줄 알면서도 해서는 안 될 짓까지 할 수밖에 없다는 뜻이다. 포도청에서 일하는 사람들은 포도대장, 포도부장, 포졸 등이 있었다. 이 중 포도대장은 포도청을 지휘하고 감독하는 책임자였다.

(1) 옛날에는 소방서를 포도청이라고 불렀다니 신기해.	(2) 포도대장은 포도부장과 포졸보다 높은 사람이라니 멋있어.	(3) 옛날에는 먹고살기 어려워서 지은 죄는 처벌받지 않았다니 다행이다.
( )	( )	( )

옛날의 경찰서, ㉠

우리가 안전하게 살 수 있도록 지켜 주는 사람은 누구일까? 바로 경찰이다. 경찰은 우리 사회의 **안녕***과 질서를 지키는 역할을 맡고 있다. 오늘날 경찰을 상징하는 것은 '포돌이'와 '포순이'이다. 이들의 이름에서 '포'는 옛날의 경찰서였던 포도청과 그곳에서 일했던 포졸의 첫 글자를 딴 것이다. 오늘날의 경찰서는 포도청에서 그 역사가 시작되었기 때문이다.

포도청은 조선 시대 때 처음 만들어졌다. 줄여서 '포청'이라고 불리기도 했다. 임금이었던 성종은 수많은 도적으로 인해 나라가 어지러워지자 백성들의 안전을 위해 포도청을 만들었다.

그 당시에 포도청이 하던 일은 오늘날 경찰이 하는 일과 비슷했다. 포도청에서는 죄를 지은 사람을 잡고, **치안***을 책임졌다. 포도대장은 포도청을 이끄는 가장 높은 사람이었다. 가장 낮은 포졸은 죄를 지은 사람을 직접 잡거나 순찰을 도는 일을 하였다. 포졸은 단단한 방망이와 **포승줄***이라는 끈을 들고 다녔다. 방망이는 죄지은 사람을 겁줄 때 쓰였고, 포승줄은 죄지은 사람을 묶기 위해 사용하였다. 이 두 무기는 오늘날 경찰이 사용하는 곤봉, 수갑과 비슷하다.

이때 포도청에서 일하는 사람 중에는 여자도 있었다. 여자는 포졸이라 부르지 않고, '**다모***'라고 불렀다. 다모는 여성 도적을 잡거나 여성의 몸을 **수색***하는 일을 했다. 조선 시대는 여자와 남자를 엄격하게 구별했기 때문에 여성과 관련된 일은 다모만이 할 수 있었다.

오늘날 경찰이 하는 일은 더욱 다양해졌다. 시민들을 위해 봉사하고, 각종 사고와 **범죄***를 예방하기 위해 전국 구석구석을 살피고 있다. 포도청과 경찰의 노력 덕분에 우리는 예나 지금이나 편안하고 안전한 생활을 할 수 있다.

어휘사전
* **안녕** 아무런 사고 없이 편안한 것.
* **치안**(治 다스릴 치, 安 편안할 안) 사회의 안전과 질서를 지키는 것.
* **포승줄** 죄인을 잡아 묶는 끈.
* **다모** 조선 시대의 여자 경찰.
* **수색** 사람이나 물건을 찾으려고 어떤 곳을 뒤지는 것.
* **범죄** 죄를 저지르는 것.

내용요약

글의 중심 내용을 생각하며 빈칸의 낱말을 써 보세요.

| ㅍ | ㄷ | ㅊ | 은 조선 시대의 | ㄱ | ㅊ | ㅅ | 로, 죄를 지은 사람을 잡고 치안을 책임지는 기관이었다.

1 ㉠에 알맞은 낱말을 넣어 이 글의 제목을 완성하세요.

**중심
내용**

• 옛날의 경찰서, ☐☐☐

2 이 글을 읽고 답을 알 수 있는 질문은 무엇인가요? (   )

**추론
하기**

① 옛날에도 불을 끄는 기관이 있었을까?

② 옛날에도 사람을 찾아 주는 기관이 있었을까?

③ 옛날에도 편지를 전해 주는 기관이 있었을까?

④ 옛날에도 사회의 안전을 지키는 기관이 있었을까?

⑤ 옛날에도 아픈 사람을 낫게 해 주는 기관이 있었을까?

3 다음 중 포도청에서 일했던 관리들이 나누었을 대화로 알맞지 <u>않은</u> 것을 골라 기호를 쓰세요.

**비판
하기**

> ㉮ **포졸:** 김 대감 댁 금은보화를 훔쳐 간 도적을 잡아 왔습니다!
>
> ㉯ **포도대장:** 기어코 잡았구나. 김 대감 댁 보물도 무사히 가져왔는가?
>
> ㉰ **포졸:** 어디에 숨겼는지 찾을 수 없었습니다.
>
> ㉱ **포도대장:** 보물을 숨긴 장소를 적어서 몸 어딘가에 감추고 있을 수도 있으니 도적의 몸을 조사하라!
>
> ㉲ **다모:** 도적이 남자이니 제가 수색하겠습니다.

(   )

 1 생각주제와 관련된 앞의 두 글을 읽고 내용을 정리해 보세요.

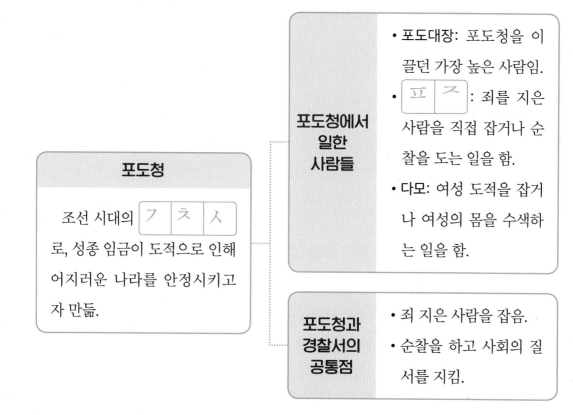

포도청

조선 시대의 ㄱ ㅊ ㅅ 로, 성종 임금이 도적으로 인해 어지러운 나라를 안정시키고 자 만듦.

포도청에서 일한 사람들
- 포도대장: 포도청을 이끌던 가장 높은 사람임.
- ㅍ ㅈ : 죄를 지은 사람을 직접 잡거나 순찰을 도는 일을 함.
- 다모: 여성 도적을 잡거나 여성의 몸을 수색하는 일을 함.

포도청과 경찰서의 공통점
- 죄 지은 사람을 잡음.
- 순찰을 하고 사회의 질서를 지킴.

2 포도청에 대한 설명으로 알맞은 것 두 가지를 골라 ○표 하세요.

(1) 포도청은 고려 시대 때 처음 만들어졌다.

(2) 포도청에서 가장 높은 사람은 포졸이었다.

(3) 포도청에서 일하는 사람 중에는 여성도 있었다.

(4) 오늘날의 경찰서는 포도청에서 그 역사가 시작되었다.

3 포도청이나 경찰서처럼 사회의 안전을 지키는 기관이 필요한 까닭을 써 보세요.

포도청과 경찰서는 ✎

| 주제 어휘 | 순찰 | 포졸 | 포도청 | 안녕 | 치안 | 수색 |

4 다음 뜻에 알맞은 주제 어휘에 ○표 하세요.

(1) 사회의 안전과 질서를 지키는 것. | 불안 | 치안 |

(2) 여러 곳을 돌아다니며 사정을 살핌. | 명찰 | 순찰 |

(3) 도둑이나 죄를 지은 사람을 잡아 다스리던 곳. | 포승줄 | 포도청 |

(4) 옛날에 죄를 지은 사람을 잡거나 순찰을 하던 사람. | 포졸 | 포위 |

5 다음 빈칸에 공통으로 들어갈 낱말을 주제 어휘에서 찾아 쓰세요.

(1)
• 경찰은 사회의 [   ]과 질서를 유지한다.
• 선생님께 "[   ]하세요?"라고 인사드렸다.

→ [   ]

(2)
• [   ]이 좋은 나라는 여행할 때 안전하다.
• 도적이 늘어나자 나라의 [   ]이 어지러워졌다.

→ [   ]

6 다음 문장의 밑줄 친 말과 뜻이 비슷한 낱말에 ○표 하세요.

(1) 포졸들은 밤마다 돌아다니며 살펴보기에 바빴다.  | 순찰 | 순방 |

(2) 범인의 흔적을 좇아 경찰들은 온 산의 구석구석을 뒤져 찾기에 나섰다.

→ | 수색 | 내색 |

옛사람들과 색깔

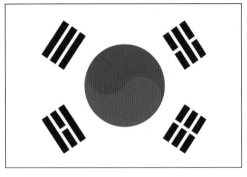

▲ 우리나라의 태극기

옛날에는 **색깔***이 아주 귀했다. 오늘날은 인공적으로 다양한 색을 손쉽게 만들지만, 예전에는 자연에서 얻은 재료들로만 색을 만들 수 있었기 때문이다. 그래서 옛사람들은 색의 소중함을 알고, 색깔에 나름의 의미를 붙여 사용하였다.

우리나라 사람들은 아주 오래전부터 흰옷을 즐겨 입었다. 그래서 '백의**민족***'이라고 불렸다. 우리 민족은 흰색이 태양을 **상징***하며 순수하고 평화로운 색이라 여겼다. 갓 태어난 아기가 입는 배냇저고리와 기저귀를 만들 때도 흰색 천을 사용하였다.

빨간색은 옛날부터 나쁜 것을 물리치는 색이라고 생각하여 **고귀하게*** 여겼다. 그래서 왕은 붉은색 옷을 입었고 특히 혼례를 할 때도 많이 사용되었다. 신부는 붉은색 비단으로 만든 옷을 입었고 두 뺨과 이마에 **연지***로 붉은 점을 찍었다. 신부를 온통 빨갛게 꾸미는 이유는 빨간색이 나쁜 기운을 쫓아낸다고 믿었기 때문이다.

파란색은 높은 하늘이나 깊은 바다가 가진 색깔이다. 그래서 파란색은 인간이 닿을 수 없는 신비함, 희망의 색이라 여겼다. 또 파란색은 씩씩함을 나타내기도 하여 나랏일을 하던 남자들이 주로 파란 옷을 입었다.

우리나라를 상징하는 태극기에도 흰색과 빨간색, 파란색이 들어 있다. 태극기의 바탕에 쓰인 흰색은 순수함과 평화를 나타낸다. 가운데 태극 문양에는 고귀함을 의미하는 빨강과 희망을 뜻하는 파랑이 쓰였다. 태극기에는 이 두 가지가 서로 어울리기를 바라는 마음에서 두 색을 같이 썼다.

이렇듯 우리나라 전통문화에서는 색깔에 의미를 부여하여 사용하였다. 우리가 무심코 지나쳤던 색깔에 다양한 의미가 숨어 있다.

어휘사전

* **색**(色 빛 색)**깔** 물체가 나타내는 빛깔.

* **민족**(民 백성 민, 族 겨레 족) 오랜 세월 동안 일정한 곳에서 함께 살면서 같은 문화를 가지게 된 사람들.

* **상징** 어떤 생각이나 느낌을 떠오르게 하는 기호나 물건.

* **고귀하다** 훌륭하고 귀중하다.

* **연지** 화장할 때 입술이나 뺨에 바르는 붉은색 화장품.

내용요약

글의 중심 내용을 생각하며 빈칸의 낱말을 써 보세요.

옛사람들은 | ㅅ | ㄲ | 에 의미를 붙여 사용했다. 흰색은 순수함을, 빨간색은 고귀함을, 파란색은 희망을 뜻한다고 여겼다. 그래서 우리나라 태극기에도 흰색, 빨간색, 파란색이 들어 있다.

1 이 글에서 주로 설명하는 것은 무엇인가요? (   )

중심
내용

① 우리나라 태극기의 중요성
② 우리나라 전통 의복의 종류
③ 우리나라 전통문화의 우수성
④ 우리나라 전통문화 속 색깔의 의미
⑤ 우리나라 전통 의복의 시대에 따른 변화

2 이 글에서 다음과 같은 의미를 담은 색깔을 찾아 각각 선으로 이으세요.

내용
이해

(1) 순수함과 평화 •

(2) 고귀함 •

(3) 신비함과 희망 •

 • ①

 • ②

 • ③

3 다음 **보기**의 빈칸에 들어갈 색깔로 알맞은 것은 무엇인가요? (   )

적용
하기

┤ **보기** ├

　무엇이든지 다 나오는 방망이를 가지고 있고, 자기 마음대로 모습을 바꿀 수 있는 귀신, 바로 도깨비이다. 이 도깨비가 가장 무서워하는 것이 ⬚⬚⬚⬚ 팥죽이다. 그래서 옛날 사람들은 이 음식을 먹으면 도깨비같이 사람을 괴롭히는 나쁜 것을 물리칠 수 있다고 믿었다.

① 흰　　　　　　② 붉은　　　　　　③ 노란
④ 푸른　　　　　　⑤ 까만

마음을 움직이는 색깔

우리는 다양한 색깔과 함께 살아간다. 자연은 계절에 따라 다른 색의 옷을 갈아입는다. 또 사람이 입는 옷이나 먹는 음식, 사용하는 물건, 사는 집에도 다양한 색이 쓰인다. 우리 주변에서 흔히 볼 수 있는 이런 색깔이 우리의 기분이나 건강에 영향을 준다.

색깔에는 우리의 마음을 움직이는 힘이 있다. 색채마다 가지고 있는 에너지가 있기 때문이다. 그래서 색깔을 사람의 **심리*** 상태에 맞게 이용하면 **스트레스***를 낮추고 **활력***을 되찾는 데 도움이 된다. 이것에서 색으로 사람의 마음을 건강하게 하는 '색채 **치료***'가 생겨났다. 그러면 색이 사람의 마음에 도움을 주는 예를 몇 가지 살펴보자.

초록색은 자연을 나타내는 색이다. 그리고 생명이나 안정과 평화로움을 뜻하는 색이기도 하다. 그래서 바쁜 삶에 지쳐 휴식이 필요할 때 초록색을 이용하면 좋다. 예를 들어, 쉬는 공간에 초록색 식물을 놓거나 나무가 많은 공원을 찾으면 편안한 마음으로 휴식할 수 있다.

파란색은 차분함, **신뢰***, 소통을 의미하는 색이다. 그래서 파란색은 우리 몸의 긴장을 풀어 주고 마음을 차분하게 만든다. 또 스트레스를 없애 주고, 밤에 잠 못 드는 불면증을 없애는 데에도 도움이 된다.

빨간색은 열정과 **강인함***을 나타내는 색이다. 그래서 몸에 기운이 없거나 마음이 우울할 때 빨간색을 사용하면 좋다. 그러면 삶에 대한 열정이 다시 살아나고, 힘이 솟아나는 것을 느낄 수 있기 때문이다. 또 빨간색에는 자신감을 높여 주는 효과도 있으므로 가장 많은 시간을 보내는 공간에 빨간색을 활용하면 도움이 된다.

만약 집 안을 꾸미기 어렵다면 입는 옷이나 가까이하는 물건의 색깔을 바꾸어도 좋다. 오늘 나에게는 어떤 색깔이 필요할까?

어휘사전

* **심리** 마음의 움직임이나 상태.

* **스트레스**(stress) 몸에 해로운 자극을 심하게 받을 때 몸 안에서 일어나는 피로감.

* **활력**(活 살 활, 力 힘 력) 살아 움직이는 힘.

* **치료** 병이나 상처 등을 잘 다스려 낫게 함.

* **신뢰** 속이지 않으리라고 믿는 것.

* **강인하다** 성격이 굳세고 질기다.

1

중심 내용

다음 빈칸에 알맞은 말을 넣어 이 글의 중심 내용이 무엇인지 완성하세요.

☐☐ ☐☐ 는 색이 가진 성질을 이용하여 사람의 마음을 건강하게 하는 것이다.

2

내용 이해

이 글에 나온 색채에 대한 설명으로 알맞은 것은 무엇인가요? (   )

① 빨간색은 자연을 나타내는 색으로 안정감을 준다.

② 파란색은 열정을 나타내는 색으로 자신감을 높여 준다.

③ 불면증으로 잠을 이룰 수 없다면 파란색이 도움이 된다.

④ 마음에 휴식이 필요하다면 파란색으로 집을 꾸미면 좋다.

⑤ 빨간색은 긴장을 풀어 주고 스트레스를 없애 주는 효과가 있다.

3

추론 하기

이 글의 내용과 관련이 있는 예를 찾아 기호를 쓰세요.

㉠ 흰색 옷을 입고 외출했더니 덜 더웠다.

㉡ 노란색 장미로 집 안을 꾸몄더니 마음이 밝아졌다.

㉢ 밤에 검은색 옷을 입고 걸으면 운전자의 눈에 잘 보이지 않는다.

(   )

4

적용 하기

이 글의 내용으로 보아, **보기**의 상황에 처한 친구에게 추천하기에 알맞은 색깔을 쓰세요.

┤ 보기 ├

"나는 요즘에 아무것도 하고 싶지 않고, 기분이 울적해서 큰일이야. 기운이 하나도 없어. 예전처럼 열정을 되찾고 싶어."

(   )

주제 정리 **1** 생각주제와 관련된 앞의 두 글을 읽고 내용을 정리해 보세요.

색깔의 다양한 의미

옛날에도 지금도 사람들은 ㅅ ㄲ 에 의미를 부여하고, 다양하게 이용함.

옛사람들이 생각한 색깔의 의미

• ㅎ ㅅ 은 순수함과 평화를 나타냄.

• 빨간색은 고귀함을 나타냄.

• 파란색은 희망을 나타냄.

색채 치료에 쓰이는 색깔의 의미

• 초록색은 안정과 평화로움을 나타냄.

• 파란색은 차분함, 신뢰, 소통을 나타냄.

• ㅃ ㄱ ㅅ 은 열정과 강인함을 나타냄.

2 다음에서 공통으로 이야기하고 있는 것을 골라 ○표 하세요.

옛날에 신부는 나쁜 것을 물리치려고 뺨과 이마에 붉은색 연지를 찍었어.

방 안에 초록색 식물을 두었더니 편안한 마음으로 쉴 수 있었어.

(1) 색깔이 어디에서 나왔는지 이야기하고 있다.

(2) 색깔에 숨어 있는 의미와 효과를 이야기하고 있다.

3 다양한 의미를 가진 색깔 중에서 가장 인상 깊었던 색깔과 그 까닭을 써 보세요.

나는 (　　　　　)이 기억에 남는다. 그 까닭은 ✎

_____

_____

주제 어휘	색깔	민족	상징	심리	치료

4 다음 주제 어휘의 뜻으로 알맞은 것을 찾아 선으로 이으세요.

(1) 색깔 •

(2) 민족 •

(3) 상징 •

(4) 심리 •

• ㉠ 물체가 나타내는 빛깔.

• ㉡ 마음의 움직임이나 상태.

• ㉢ 어떤 생각이나 느낌을 떠오르게 하는 기호나 물건.

• ㉣ 오랜 세월 동안 일정한 곳에서 함께 살면서 같은 문화를 가지게 된 사람들.

5 다음 빈칸에 알맞은 낱말을 주제 어휘에서 찾아 쓰세요.

(1) 비둘기는 평화를 (   )하는 새이다.

(2) 충치가 있으면 치과에 가서 (   )를 받는다.

(3) 무지개는 일곱 가지의 (   )로 이루어져 있다.

(4) 사람의 (   ) 상태에 따라 몸의 건강도 달라질 수 있다.

6 다음 밑줄 친 말과 뜻이 비슷한 낱말을 주제 어휘에서 찾아 쓰세요.

무궁화는 우리나라를 나타내는 꽃이다. 무궁화는 고조선 이전부터 나라의 꽃으로 귀하게 여겨졌다. 무궁화는 어디서나 잘 자란다. 또한 일 년에 석 달 정도 매일 새로운 꽃을 피운다. 무궁화의 이런 점은 근면하고 성실한 우리 민족과 닮았다.

(   )

3장

2개의 글을 연결해
재미있게 읽어요~

달곰한 **공부계획**

공부한 날 ➜

	60일 완성	40일 완성	20일 완성

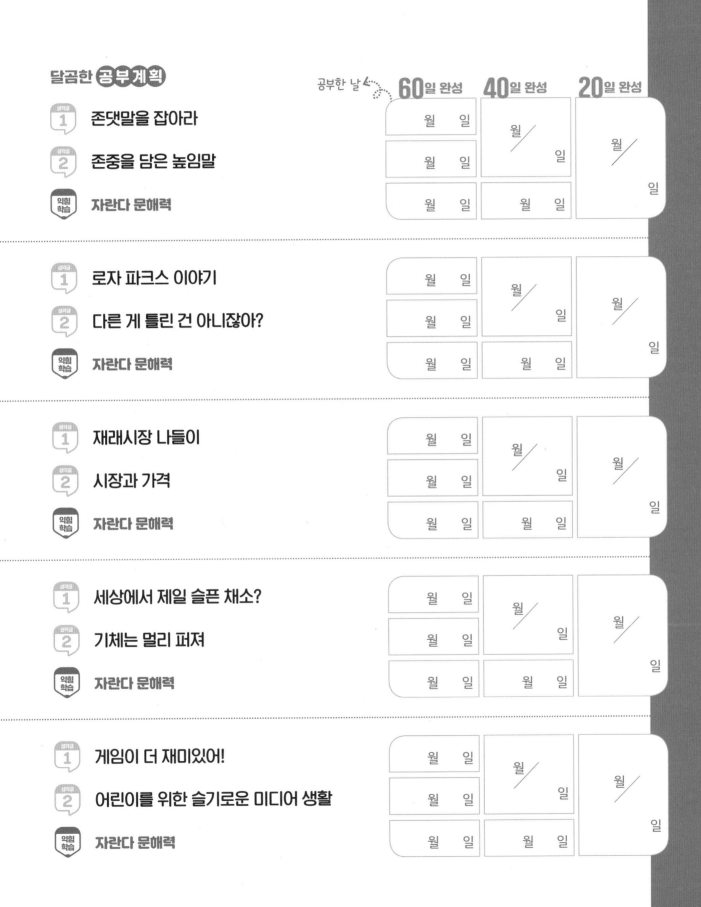

존댓말을 잡아라

존댓말을 잡아라
글 채화영
파란정원

동생은 이제 일곱 살이에요. 내가 하는 건 다 따라 하는 따라쟁이지요. 밥 먹을 때도 졸졸, TV를 볼 때도 졸졸, 친구들과 놀 때도 졸졸 따라다니거든요.

거실로 나가자 할머니가 식탁 의자에 앉아 있었어요. 할머니는 우리를 무척 예뻐해요. 나는 그런 할머니가 좋아요. 우리 집에서 제일 어른이었지만 나는 할머니가 어렵지 않아요. 그래서 **존댓말***도 쓰지 않지요.

"할머니, 나 물!" 내가 말했어요.

"이준이! '물 주세요.' 해야지." 국그릇을 내려놓던 엄마가 버럭 화를 냈어요.

"할머니, 나도 물! 물!"

옆에 앉아 있던 한이가 또 나를 따라 했어요. 해맑은 표정을 지으며 말이에요. 할머니는 얼른 동생의 물까지 따라 주었어요.

"'물 주세요.'라고 예쁘게 말하면 할머니가 더 기분이 좋을 텐데. 그치?"

내 등을 두드리며 할머니가 말했어요.

"엄마, 나 김 줘." / "나도 김 줘."

동생이 또 내 말을 따라 했어요.

"봐봐. 한이가 너 따라 하는 거."

한이는 엄마가 화난 줄도 모른 채 **야금야금*** 밥을 먹고 있었어요.

"바보야, 따라 하지 마!"

나는 동생에게 소리쳤어요. 그러고는 동생 밥그릇에 담긴 소시지를 빼앗아 먹었어요.

"내 소시지야. 엄마, 형아가 내 거 빼앗어 먹어!"

결국 동생은 울음을 터뜨리고 말았어요. 그러자 ㉠가만히 지켜보던 할머니가 화가 난 얼굴로 우리를 바라보았어요. 여태까지 할머니는 한 번도 우리에게 화를 낸 적이 없었어요. 언제나 **인자***하셨지요. 그 순간 혹시라도 혼이 날까 봐 겁이 났어요.

"너 오늘 자꾸 이럴래? 왜 동생 괴롭혀?"

엄마는 우는 동생을 달래며 내게 말했어요.

어휘사전
* **존댓말** 상대를 높일 때 쓰는 말.
* **야금야금** 무엇을 입안에 조금씩 넣고 마시거나 먹는 모양.
* **인자**(仁 어질 인, 慈 사랑 자) 마음이 너그럽고 사랑이 많음.

내용요약

글의 중심 내용을 생각하며 빈칸의 낱말을 써 보세요.

이준이는 ▢ ▢ ▢ 을 쓰지 않는 자신의 말투를 따라 하는 동생에게 화를 내고 음식을 빼앗어 먹는다. 그런 이준이의 행동에 엄마와 할머니는 화를 낸다.

1 할머니께서 ⑤과 같이 행동하신 까닭은 무엇인가요? (   )

내용
이해

① 동생이 계속 떠들었기 때문에

② 동생이 계속 돌아다녔기 때문에

③ 이준이가 대답을 하지 않았기 때문에

④ 이준이가 동생의 음식을 뺏어 먹었기 때문에

⑤ 이준이가 엄마에게 공손하게 말을 했기 때문에

2 다음 **보기**를 바탕으로 높임말을 알맞게 쓴 것은 무엇인가요? (   )

적용
하기

┤ 보기 ├

　엄마가 사 주신 높임말 책에는 다양한 높임말이 적혀 있었어요. '선생님이 말을 한다.'는 높임말이 아니에요. 높임말이 되기 위해선 '선생님께서 말 하신다.'로 표현해야 해요. '-가' 대신에 '-께서'를 쓰고, '한다'에 '-시'를 붙여서 '하신다'로 바꿔야 해요.

① 아빠가 나갔다.　　　　　　② 할머니께서 오신다.

③ 동생이 기뻐하셨다.　　　　④ 엄마가 놀러 나갔다.

⑤ 우리께서 열심히 공부했다.

3 이준이가 **보기**와 같은 말과 행동을 한 까닭을 찾아 번호를 쓰세요.

추론
하기

┤ 보기 ├

• 이준이가 한 말: "바보야, 따라 하지 마!"

• 이준이가 한 행동: 나는 동생에게 소리쳤어요. 그리고는 동생 밥그릇에 담긴 소시지를 뺏어 먹었어요.

(1) 자신의 말투를 따라 하는 동생이 좋아서

(2) 자신의 행동을 따라 하는 동생이 귀여워서

(3) 자신의 말투를 따라 하는 동생이 얄미워서

(   )

존중을 담은 높임말

우리말에는 **높임말*** 표현이 있다. 높임말은 어른과 대화할 때나 어른에 대해 말할 때 **존중***하는 마음을 담아 높여 쓰는 표현이다. 그래서 높임말은 '존경하여 높이 **대접***한다.'라는 뜻을 지닌 '존댓말'이라고도 한다. 높임말은 많은 사람이 모인 **공적***인 자리에서도 쓰인다. 그래서 학교에서 회의하거나 발표할 때는 **반말***을 사용하지 말고, 높임말을 써야 한다.

높임말은 주로 어떻게 표현할까? 첫째, ㉠'-께서', '-께'나 '-시-'를 사용한다. '어머니께서', '할아버지께서'처럼 높이는 대상에게 '-께서'나 '-께'를 붙인다. 그리고 동작을 나타내는 말에 '-시-'를 붙여서 "어머니께서 하신다.", "할아버지께서 오신다."라고 쓰면 된다.

둘째, 문장 끝에 '-습니다' 또는 '-요'를 쓴다. 친구에게는 "고마워."라고 말하지만, 어른께는 "고맙습니다."라고 말해야 한다. 그리고 '-요'를 붙여서 "알겠어요.", "죄송해요.", "건강하세요." 등으로 표현할 수 있다.

셋째, ㉡높임의 뜻이 담긴 낱말을 사용한다. 사람이나 사물을 나타내는 말 중에는 낱말 자체에 높임의 뜻을 담은 것이 있다. 예를 들어, '말'을 높이는 표현인 '말씀', '밥'을 높이는 표현인 '진지'가 있다. '먹다' 대신에 '잡수다'와 '들다', '자다' 대신에 '주무시다'를 쓸 수 있다. 그래서 "어머니께서 말씀하셨다."라고 말해야지, "어머니께서 말했다."라는 표현은 옳지 않다. 또 할아버지께는 "진지 드셨어요?", "진지 잡수셨어요?", "잘 주무셨어요?"라고 말해야 한다.

우리말은 높임말이 풍부하게 발달했다. 이는 우리나라가 예로부터 예의를 중요하게 여겼기 때문이다. 그래서 우리말 속에는 나보다 나이가 많은 사람을 존중하고 배려하는 문화가 들어 있다.

어휘사전

* **높임말** 자기보다 나이가 많거나 지위가 높은 사람에 대한 높임을 나타내는 말.

* **존중**(尊 높을 존, 重 무거울 중) 높이 받들고 소중하게 대함.

* **대접**(待 기다릴 대, 接 접할 접) 사람을 맞이할 때 보이는 예의 바른 태도.

* **공적**(公 공변될 공, 的 과녁 적) 개인이 아니라 나라나 사회에 얽힌 것.

* **반말** 친구나 아랫사람한테 쓰는 말투.

내용요약

글의 중심 내용을 생각하며 빈칸의 낱말을 써 보세요.

높임말은 상대방에 대한 [ㅈ ㅈ]의 마음을 담은 표현으로, 올바른 표현법이 정해져 있다. 우리나라는 예로부터 예의를 중요하게 여겼기 때문에 높임말이 풍부하게 발달했다.

1 높임말 표현 방법으로 적절하지 <u>않은</u> 것은 무엇인가요? (　　　　)

내용
이해

① '-께서'나 '-께'를 사용한다.

② '-습니다'를 문장 끝에 붙인다.

③ '오신다'처럼 '-시-'를 사용한다.

④ '-요'를 문장 끝에 붙이지 않는다.

⑤ 높임의 뜻이 담긴 낱말을 사용한다.

2 이 글의 특징으로 알맞은 것은 무엇인가요? (　　　　)

글의
구조

① 자신의 의견을 주장한다.

② 다른 사람의 생각을 비판한다.

③ 설명할 내용의 문제점을 지적한다.

④ 알려 줄 내용의 예를 들어 설명한다.

⑤ 시간의 흐름에 따라 변화 과정을 설명한다.

3 다음 **보기**에서 높임말 표현이 <u>잘못된</u> 것은 무엇인가요? (　　　　)

적용
하기

┤ **보기** ├

　나는 목이 말라서 할머니께 "할머니 물 좀 줘."라고 말하였다. 그러자 할머니께서 시원한 물을 따라 주시었다. 덕분에 갈증이 싹 없어졌다. 감사한 마음에 "할머니, 다음엔 제가 물 가져다가 드릴게요."라고 말했다.

① 할머니께　　　　② 줘　　　　③ 할머니께서

④ 주시었다　　　　⑤ 드릴게요

4 ㉠과 ㉡에 해당하는 예를 **보기**에서 두 가지씩 골라 각각 기호를 쓰세요.

적용
하기

┤ **보기** ├

㉮ 아버지께서 곧 오신다.　　　㉯ 선생님의 성함은 무엇입니까?

㉰ 할아버지, 생신을 축하드립니다.　　㉱ 천천히 걸으시면 건강에 좋습니다.

㉠에 해당하는 예	㉡에 해당하는 예
(1)	(2)

 1 생각주제와 관련된 앞의 두 글을 읽고 높임말 표현을 예3의 빈칸에 써 보세요.

높임말 표현 방법

- '-께서', '-께', '-시'를 사용하기
- '-습니다', '-요'를 사용하기
- 높임의 뜻을 지닌 낱말 사용하기

예1 존댓말을 잡아라	예2 존중을 담은 높임말	예3
"'물 주세요.'라고 예쁘게 말하면 할머니가 더 기분이 좋을 텐데. 그치?"	할아버지께는 "진지 드셨나요?", "진지 잡수셨나요?"라고 말해야 한다.	

2 높임말을 써야 하는 상황으로 알맞은 것 두 가지를 골라 ○표 하세요.

(1) 학급 회의 시간에 발표할 때

(2) 나이가 어린 사람과 대화할 때

(3) 나이가 같은 친구를 만났을 때

(4) 나이가 많은 어른을 만났을 때

3 높임말을 왜 써야 하는지 그 까닭을 써 보세요.

높임말을 쓰면 ✎

주제 어휘	인자	높임말	존중	공적	반말

4 다음 주제 어휘의 뜻으로 알맞은 것을 찾아 선으로 이으세요.

(1) 높임말 •

(2) 존중 •

(3) 공적 •

(4) 반말 •

• ㉠ 높이 받들고 소중하게 대함.

• ㉡ 친구나 아랫사람한테 쓰는 말투.

• ㉢ 개인이 아니라 나라나 사회에 얽힌 것.

• ㉣ 자기보다 나이가 많거나 지위가 높은 사람에 대한 높임을 나타내는 말.

5 다음 빈칸에 공통으로 들어갈 낱말을 주제 어휘에서 찾아 쓰세요.

(1)
• ⬚은 존댓말과 비슷한 뜻이다.
• ⬚은 웃어른에게 사용하는 말이다.

→ | | | |

(2)
• 높임말은 어른을 ⬚하는 마음을 담고 있다.
• 민주주의 사회에서는 개인의 자유를 ⬚한다.

→ | | |

6 다음 밑줄 친 말과 뜻이 비슷한 낱말을 주제 어휘에서 찾아 쓰세요.

나는 『흥부와 놀부』를 읽었다. 이 책은 착한 동생 흥부와 욕심 많은 형 놀부에 대한 이야기이다. 가난한 흥부는 배고픔에 못 이겨, 형 놀부를 찾아가서 음식을 나눠 달라고 부탁한다. 그러나 놀부는 매정하게 흥부를 내쫓는다. 만약 놀부가 관대했다면 흥부에게 먹을 음식을 나눠 주지 않았을까?

( )

로자 파크스 이야기

1955년 12월 1일, 미국 몽고메리 시의 버스에 한 흑인 여성이 탔다. 여성의 이름은 로자 파크스였다. 일이 끝난 후 피곤했던 그녀는 버스의 빈자리에 앉아 있었는데, 다음 정거장에서 백인들이 탔다. 그러자 버스 기사가 파크스에게 소리를 질렀다.

"흑인 아줌마, 얼른 신사 분에게 자리를 내어 드려!"

그는 백인에게 자리를 양보하라고 말했다. 그 당시 몽고메리 지역은 **인종*** **차별***이 아주 심한 곳이었다. 버스에서 흑인과 백인이 앉는 자리가 따로 정해져 있었고, 자리가 부족하면 흑인은 백인에게 자리를 내주어야 했다. 버스 기사는 흑인인 파크스에게 백인들이 탔으니 자리를 양보하라고 한 것이다. 하지만 파크스는 움직이지 않고 당당하게 말했다.

㉠"저는 일어나지 않겠어요."

"법을 어기겠다는 거야?"

화가 난 버스 기사는 경찰관 두 명을 데려왔다. 결국 파크스는 경찰에 잡혀갔다. 그녀의 월급으로는 도저히 낼 수 없는 큰돈이 벌금형으로 내려졌다.

로자 파크스의 이야기를 전해 들은 흑인들은 당시 흑인 운동에 앞장서던 마틴 루터 킹 목사를 찾아갔다. 그리고 몽고메리 시 흑인들이 하나가 되어 '버스 안 타기 운동'을 벌였다. 처음에는 심각하게 생각하지 않던 버스 회사도 이 운동이 계속되자 점점 겁을 먹기 시작했다. 그리고 1년이 지나 드디어 대법원에서 몽고메리 시가 버스 좌석을 흑과 백으로 나눈 것은 '**헌법***에 어긋난다.'라고 결정했다. 이제 버스의 비어 있는 자리에 흑인이든 백인이든 상관없이 누구든 앉을 수 있게 되었다.

이 사건은 미국에서 흑인들의 **인권***과 **권리***를 고쳐서 바로잡는 중요한 계기가 되었다. 이후 파크스는 전국을 돌며 연설하면서 흑인들의 권리를 되찾는 데 인생을 바쳤다.

어휘사전
* **인종** 사람을 지역과 신체적 특성에 따라 나눈 갈래.
* **차별** 다르다고 해서 얕보거나 대접을 소홀하게 하는 것.
* **헌법** 한 나라의 최고의 법.
* **인권**(人 사람 인, 權 권세 권) 사람이 사람답게 살기 위하여 당연히 가지는 권리.
* **권리** 어떤 일을 자기 뜻대로 할 수 있는 당연한 힘이나 자격.

내용요약

글의 중심 내용을 생각하며 빈칸의 낱말을 써 보세요.

로자 파크스는 흑인을 ㅊ ㅂ 하는 사회에 맞서 용감하게 싸웠다. 그녀에게서 용기를 얻은 많은 흑인은 자신들의 정당한 권리를 찾게 된다.

1

내용
이해

버스 기사가 로자 파크스에게 일어나라고 한 까닭은 무엇인가요? (   )

① 로자 파크스가 백인이기 때문이다.

② 로자 파크스가 흑인이기 때문이다.

③ 로자 파크스가 여자이기 때문이다.

④ 로자 파크스가 버스비를 안 냈기 때문이다.

⑤ 로자 파크스가 다음 정거장에 내리기 때문이다.

2

추론
하기

㉠에 담긴 로자 파크스의 생각으로 알맞은 것을 찾아 기호를 쓰세요.

㉮ 같은 흑인에게만 자리를 양보하고 싶어.

㉯ 흑인이 백인에게 자리를 양보해야 한다는 건 차별이야.

㉰ 내가 버스 기사의 말을 듣지 않으면 버스 기사가 속상할 거야.

(   )

3

적용
하기

다음 **보기**에서 로자 파크스가 겪은 일과 비슷한 예를 골라 번호를 쓰세요.

┤ 보기 ├

(1) 동남아시아 지역에서 온 외국인 노동자들은 한국인이 받는 돈보다 훨씬 적은 돈을 받는다. 몸이 아파도 회사에서 의료 보험 혜택을 제대로 받지 못한다.

(2) 공항에서 비행기를 탈 때 '위험한 물건을 가지고 비행기에 탈 수 없습니다.'라는 안내문이 있다. 그래서 가방에 칼이 들어 있는 사람은 검색대를 통과할 수 없다.

(   )

다른 게 틀린 건 아니잖아?

다른 게 틀린 건 아니잖아?
글 류은숙
양철북

A: "넌 뭐가 제일 맛있어?"

B: "베트남 쌀국수! 국물이 정말 맛있어."

A: "너희 집은 그 유학생한테 왜 방을 세놓지 않았어?"

B: "응, 베트남 출신이라 부모님이 ㉠찜찜하대. 나도 무섭고 냄새날 것 같아 싫어."

A: "까맣게 탔네. 아주 건강해 보여."

B: "응, 물놀이하면서 햇볕을 많이 쫴서 그래."

A: "저기 흑인이 지나간다."

B: "흑인은 까매서 멍청해 보여."

A: "한국인은 찜찜하고 무섭고 김치 냄새나. 피부가 누런 게 멍청해 보여. 한국인이라면 알아볼 필요도 없이 무조건 싫어."

B: "뭐야, 그건 말도 안 돼."

A: "어? 나는 지금까지 네가 한 말 그대로 따라한 건데. 무슨 문제 있니?"

두 친구의 대화에서 계속 등장하는 게 뭘까요? 그건 **편견***이에요. 왜 마지막엔 B가 "말도 안 돼."라고 했을까요? A가 한국인 전체에 대해 미리 나쁜 생각을 갖고 있으니까요. 편견이란 처음부터 ㉠이미 결정된 어떤 치우친 생각을 갖는 거예요.

한 사람이 모든 사람을 좋아할 수는 없어요. 누군가는 싫고, 거부 반응이 들 수도 있어요. 사람은 저마다 ㉡결점과 장점이 있으니까요. 그런데 편견을 가지면 각 사람의 결점과 장점 같은 데 ㉢아예 관심이 없어요. 그냥 그 사람이 내가 싫어하는 **집단***에 속해 있는 걸 충분한 이유로 여겨요.

예를 들어 이런 식으로 말해요. "아시아인은 다 그래." 또 싫어한다는 핑계로 흔히 신체적 특성이나 성격을 들어요. "아시아인은 누렇다.", "아시아인은 **음흉***하다."는 식이지요. 수십 억의 사람들을 이렇게 ㉣**싸잡아*** 말하는 건 어리석어요. 편견은 차별의 핑계 중 하나예요.

어휘사전

＊**편견**(偏 치우칠 편, 見 볼 견) 한 쪽으로 치우쳐서 잘못된 생각.

＊**집단** 동물이나 사람이 많이 모여서 이룬 무리.

＊**음흉** 겉과 다르게 속마음이 엉큼하고 흉악함.

＊**싸잡다** 한꺼번에 무엇 속에 포함되게 하다.

1

중심 내용

다음 빈칸에 알맞은 말을 넣어 이 글의 중심 내용을 완성하세요.

☐☐ 을 가지면 한 사람 한 사람의 결점과 장점은 생각하지 않고 그 사람이 내가 싫어하는 집단에 속해 있다는 이유로 싫어하게 된다.

2

내용 이해

㉠에 대한 설명으로 알맞은 것은 무엇인가요? (   )

① 차별의 핑계 중 하나이다.

② 표적이 된 사람들을 보호한다.

③ 다른 사람의 장점을 주로 본다.

④ 모든 사람을 좋게 보는 것이다.

⑤ 사람을 있는 그대로 보게 한다.

3

어휘 이해

㉮~㉰와 바꾸어 써도 뜻이 통하는 낱말을 바르게 짝 짓지 <u>못한</u> 것의 번호를 쓰세요.

(1) ㉮ - 꺼림직하대   (2) ㉯ - 단점

(3) ㉰ - 한동안   (4) ㉱ - 뭉뚱그려

(   )

4

비판 하기

이 글에 나타난 생각과 같은 생각을 말한 친구의 이름을 쓰세요.

평소에 '한국인은 이렇다.', '시골 사람은 이렇다.'라는 말을 많이 하는데 조심해야겠어.

예린

특정 나라 사람을 싫어하는 건 이유가 있어서야. 생김새와 살아온 모습이 다른데 좋아할 수가 없지.

슬기

(   )

 1 생각주제와 관련된 앞의 두 글을 읽고 내용을 정리해 보세요.

로자 파크스 이야기

- 로자 파크스는 버스에서 백인에게 자리를 양보하지 않아서 처벌받음.
- 로자 파크스 사건에 화가 난 흑인들은 '버스 안 타기 운동'을 벌임.
- 이 사건을 계기로 대법원이 흑인들을 차별하는 것은 법에 어긋난다고 판결함.

ㅊ ㅂ	어떤 사람이 나와 다르다고 해서 낮은 대우를 하는 것.

ㅍ ㄱ	어떤 사람이 내가 싫어하는 집단에 속한다는 이유로 싸잡아서 싫어하는 것.

2 다음 두 친구가 공통으로 설명하고 있는 것에 ○표 하세요.

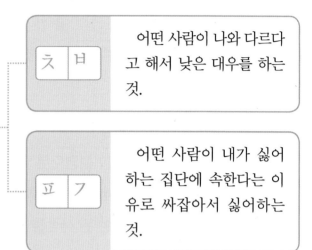

시외버스에는 휠체어가 탑승할 수 있는 장치가 마련되어 있지 않아.

가난한 나라에서 이주했다는 이유로 억울하게 범죄자로 몰리는 일도 있어.

(1) 우리 사회 곳곳에서 일어나는 차별을 설명하고 있어.

(2) 우리 사회 곳곳의 차별을 극복하기 위한 노력을 설명하고 있어.

3 차별이 왜 나쁜지 자신의 생각을 써 보세요.

차별이 나쁜 까닭은 ✎

| 주제
어휘 | 인종 | 차별 | 권리 | 편견 | 집단 |

4 다음 주제 어휘의 뜻으로 알맞은 것을 찾아 선으로 이으세요.

(1) 인종 • • ㉠ 동물이나 사람이 많이 모여서 이룬 무리.

(2) 차별 • • ㉡ 사람을 지역과 신체적 특성에 따라 나눈 갈래.

(3) 권리 • • ㉢ 다르다고 해서 얕보거나 대접을 소홀하게 하는 것.

(4) 집단 • • ㉣ 어떤 일을 자기 뜻대로 할 수 있는 당연한 힘이나 자격.

5 다음 빈칸에 들어갈 알맞은 낱말을 주제 어휘에서 찾아 쓰세요.

(1) 장애가 있다는 이유로 사람을 (   )하는 것은 잘못이다.

(2) 그동안 돼지는 더럽다는 잘못된 (   )을 가지고 있었다.

(3) 로자 파크스는 자신의 (   )를 되찾기 위해 끝까지 포기하지 않았다.

(4) (   ) 차별은 나와 다른 생김새의 사람을 무조건 싫어하는 편견이다.

6 다음 밑줄 친 말과 뜻이 비슷한 낱말을 주제 어휘에서 찾아 쓰세요.

코끼리나 얼룩말 같은 동물들은 왜 무리를 지어 살아가는 것일까? 동물들은 위험으로부터 스스로를 보호하기 위해서 함께 어울려 사는 방법을 선택하였다. 무리 지어 살면 혼자 살 때보다 먹이를 구하기 쉽고, 천적의 공격에서 살아남을 가능성이 높기 때문이다.

(   )

재래시장 나들이

오늘은 즐거운 토요일, 아빠와 나는 아침을 먹고 장바구니를 챙겨 **재래시장**[*]으로 향했다.

"아빠, 왜 갑자기 시장에 가요?"

"오늘 시장에서 싱싱한 생선을 판다는구나. 저녁에 먹을 생선이랑 과일 좀 사 오자."

주말이라 그런지 재래시장은 사람들로 **북적였다.**[*] 그때 어디선가 고소한 냄새가 진동했다. 나도 모르게 코를 킁킁대며 냄새를 따라갔다. 그곳엔 갓 만든 떡을 파는 가게가 있었다.

"아빠, 우리 떡도 사 가요!"

"냄새가 아주 끝내주는걸? 그래, 간식으로 먹을 떡도 좀 사자."

아빠와 나는 떡을 사서 생선 가게로 갔다. 신선해 보이는 생선들이 줄지어 놓여 있었다.

"우아, 여기 생선이 정말 많아요! 갈치, 광어, 고등어……."

"그렇지? 시장에는 다양한 물건이 아주 많단다. 그리고 **유통**[*] 거리가 짧아서 아주 싱싱하고 값도 싸지."

아빠는 생선들을 쭉 살펴보더니 그중 한 마리를 가리키며 말했다.

"사장님, 고등어가 신선해 보이네요. 이거 주세요."

우리는 포장된 생선을 받아 들고 근처 과일 가게로 향했다.

"아빠, 과일 가게가 많네요? 이 중에서 어디로 갈까요?"

"엄마랑 자주 가는 가게가 있단다. 거기 **상인**[*] 아저씨가 파는 과일은 **품질**[*]이 아주 좋아."

과일 가게 아저씨는 아빠와 반갑게 인사를 나눴다.

"잘 지내셨지요? 사과 좀 사러 왔습니다."

"또 오셨네요! 10년째 저희 가게 **단골**[*]이시니 많이 드리겠습니다."

과일 가게 아저씨는 밝게 웃으며 사과를 가득 주셨다. 서비스라며 귤도 챙겨 주셨다.

시장에는 먹을 것도 많고, 친절한 사람들도 참 많았다. 다음에 아빠랑 또 오고 싶다.

어휘사전

* **재래시장** 예전부터 이어져 내려오는 방식으로 물건을 사고파는 시장.

* **북적이다** 많이 모인 사람들로 시끄럽게 붐비다.

* **유통** 물건이 생산지에서 소비자에게 옮겨 가는 것.

* **상인**(商 장사 상, 人 사람 인) 장사하는 사람.

* **품질**(品 물건 품, 質 바탕 질) 상품의 질.

* **단골** 가게를 정해 두고 늘 거래하는 곳이나 손님.

1 중심 내용
이 글은 무엇에 대한 내용인지 네 글자로 쓰세요.

(   )

2 글의 구조
'나'와 아빠가 갔던 곳을 순서대로 알맞게 나열한 것은 무엇인가요? (   )

① 떡집 – 과일 가게 – 생선 가게
② 떡집 – 생선 가게 – 과일 가게
③ 생선 가게 – 과일 가게 – 떡집
④ 생선 가게 – 떡집 – 과일 가게
⑤ 과일 가게 – 생선 가게 – 떡집

3 추론 하기
이 글을 통해 알 수 있는 재래시장의 특징을 두 가지 찾아 번호를 쓰세요.

(1) 재래시장에는 물건이 많고 값이 싸다.
(2) 재래시장에는 다양한 물건을 파는 가게들이 모여 있다.
(3) 재래시장에서 물건을 사면 가격만큼 딱 정해진 개수를 준다.

(   )

4 적용 하기
이 글을 읽고 재래시장에 가서 하고 싶은 일을 알맞게 말한 친구를 찾아 ○표 하세요.

(1)  나도 이 글에 나온 아이와 아빠처럼 재래시장에 가서 북적이는 사람들과 물건들을 구경하고 싼값에 맛있는 것들을 사며 친절과 재미를 느껴 보고 싶어.

(   )

(2) 나도 이 글에 나온 아이와 아빠처럼 재래시장에 가서 신선하지 않은 생선이나 과일이 있는지, 값을 비싸게 받는 가게는 없는지 살펴보고 시장의 문제점을 알아보고 싶어.

(   )

시장과 가격

우리는 보통 필요한 물건을 사려고 시장에 간다. 넓은 의미에서 시장은 마트, 재래시장, 백화점도 포함된다. 시장에는 옷이나 신발 같은 물건과 과일, 고기, 생선 같은 농수산물도 있다. 시장은 **생산자***와 **소비자***를 연결해 주는 곳이다.

그런데 시장에서 파는 물건의 **가격***은 어떻게 정해질까? 아침에 미영이는 엄마와 함께 마트에 갔다. 싱싱한 토마토가 한 팩에 5,000원이었다. 저녁에 엄마와 다시 마트에 갔다. 그랬더니 토마토값이 3,000원으로 뚝 떨어져 있었다. 만약 오늘 다 못 팔면 내일은 시들어서 버려야 하므로 싸게 파는 것이다.

여기서 우리는 어떻게 가격이 정해지는지 알 수 있다. 시장에서 일정한 값을 주고 물건을 사고자 하는 것을 '수요'라고 한다. 그리고 일정한 값을 받고 물건을 팔려는 것을 '공급'이라고 한다. 사려는 수요가 팔려는 공급보다 많으면 가격은 올라간다. 반대로 수요가 공급보다 적으면 가격은 내려간다. 한정판 운동화같이 살 사람은 많고 공급되는 물건의 수가 적으면, 비싸게라도 살 수밖에 없다. 반대로 어떤 해에 배추 농사가 잘돼서 시장에 공급되는 배추의 양이 많아지면, 가격은 크게 내려간다. 이렇듯 물건의 가격은 시장에서 수요와 공급이 만나서 결정된다.

그런데 모든 시장에서 물건의 가격이 딱 정해진 것은 아니다. 마트나 백화점은 **정가***가 정해져 있고, 가격표도 붙어 있다. 하지만 재래시장은 정가가 없는 경우가 대부분이다. 그래서 손님은 물건값을 **흥정***하여 깎거나 **덤***을 요구하기도 한다. 가령 상인이 사과 5개에 만 원이라고 값을 부르면, 손님은 6개를 달라고 하는 식이다. 이렇게 시장에서 가격은 수요와 공급에 따라 결정되고, 시장의 종류에 따라 서로 달라진다.

어휘사전

* **생산자** 물건을 만드는 사람.

* **소비자** 물건을 돈을 주고 사서 쓰는 사람.

* **가격** 사고파는 물건의 값.

* **정가** 상품에 매긴 값.

* **흥정** 파는 사람과 사는 사람이 서로 의논하여 값을 정하는 일.

* **덤** 값을 치른 물건이나 나누어 준 몫에 조금 더하여 거저 줌.

내용요약

글의 중심 내용을 생각하며 빈칸의 낱말을 써 보세요.

> ｜ㅅ｜ㅈ｜은 물건을 만드는 생산자와 물건을 사는 소비자가 만나는 곳으로, 시장의 가격은 수요와 공급이 만나서 결정된다.

1 이 글은 다음 중 어떤 질문에 대한 대답으로 볼 수 있나요? (   )

중심
내용

① 시장은 어떤 곳에 만들어질까요?

② 시장에서 파는 물건은 어디에서 올까요?

③ 시장에서 일어나는 문제는 무엇이 있을까요?

④ 시장에서 물건의 가격은 어떻게 정해질까요?

⑤ 시장에서 일하는 사람들의 힘든 점은 무엇일까요?

2 시장에 대한 설명으로 알맞지 <u>않은</u> 것은 무엇인가요? (   )

내용
이해

① 마트에서는 물건값을 깎을 수 없다.

② 백화점은 정가가 정해져 있지 않다.

③ 시장은 생산자와 소비자를 연결해 준다.

④ 시장에는 마트, 재래시장, 백화점 등이 있다.

⑤ 재래시장은 정가가 없는 경우가 대부분이다.

3 다음 대화에서 가격에 대해 <u>잘못</u> 이해한 친구의 이름을 쓰세요.

추론
하기

지현 새로 나온 운동화를 사러 갔는데 너무 비싸서 그냥 돌아왔어.

그럼 세일 상품을 사면 어때? 태민

지현 세일 상품은 싫어. 수요는 많은데 공급이 적어서 가격이 내려간 거잖아.

아휴, 새로 나온 운동화의 공급이 수요보다 많아질 때까지 기다려야겠는걸. 태민

(   )

주제 정리 **1** 생각주제와 관련된 앞의 두 글을 읽고 내용을 정리해 보세요.

시장	시장의 가격	마트, 백화점, 재래시장의 가격
시장은 물건을 만드는 ㅅㅅㅈ 와 물건을 사는 소비자를 연결해 주는 곳으로, 마트, 재래시장, 백화점 등이 있음.	ㅅㅇ 보다 공급이 적으면 가격은 올라감. 반대로 수요가 ㄱㄱ 보다 적으면 가격은 내려감.	• 마트, 백화점: 가격이 정해져 있음. • 재래시장: 가격이 정해져 있지 않음. 흥정하거나 덤으로 물건을 얻을 수 있음.

2 다음 두 상황에서 공통으로 설명하고 있는 것에 ○표 하세요.

오늘만 특별히 생선을 1,000원 깎아 드릴게요.

사과 3개를 사면 1개를 덤으로 드립니다.

(1) 재래시장은 가격이 정해져 있다.

(2) 재래시장은 가격을 흥정하거나 덤을 얻을 수 있다.

3 재래시장이 마트나 백화점과 다른 점을 써 보세요.

재래시장은 ✎ _____

_____

_____

| 주제 어휘 | 재래시장 | 상인 | 단골 | 소비자 | 흥정 | 덤 |

4 다음 주제 어휘의 뜻으로 알맞은 것을 찾아 선으로 이으세요.

(1) 재래시장 •

(2) 단골 •

(3) 소비자 •

(4) 흥정 •

• ㉠ 물건을 돈을 주고 사서 쓰는 사람.

• ㉡ 가게를 정해 두고 늘 거래하는 곳이나 손님.

• ㉢ 파는 사람과 사는 사람이 서로 의논하여 값을 정하는 일.

• ㉣ 예전부터 이어져 내려오는 방식으로 물건을 사고파는 시장.

5 다음 빈칸에 공통으로 들어갈 낱말을 주제 어휘에서 찾아 쓰세요.

• 인사를 잘 하면 [   ]으로 내 기분도 좋아진다.
• 귤을 다섯 개 샀더니 [   ]으로 하나를 더 주셨다.

(   )

6 다음 문장의 밑줄 친 말과 뜻이 비슷한 낱말에 ◯표 하세요.

(1) 그 손님은 우리 가게에 10년째 오고 있다. → | 단짝 | 단골 |

(2) 시장 안에는 갓 수확한 과일을 파는 사람이 있다. → | 상인 | 상전 |

세상에서 제일 슬픈 채소?

"여러분 오늘 만들어 볼 요리는 뭘까요? 각자 식탁에 놓인 **재료***를 ㉠보고 한번 맞춰 보세요."

"피자요, 제가 제일 좋아하는 피자!"

아름이는 식탁에 놓인 토마토, 치즈, 피망, 양송이버섯, 베이컨, 양파를 보고 큰 소리로 말했다. 이번 요리 교실 수업 주제는 피자 만들기였다.

"맞아요. 오늘은 피자를 만들어 볼 거예요. 그럼 채소를 먼저 **손질***해 볼까요? 채소를 자를 때는 모두 칼을 조심하세요."

아이들은 선생님을 따라서 재료를 차례대로 손질했다. ㉡시큼한 토마토를 반으로 썰고, 양송이버섯과 피망도 작게 썰었다. 그때였다. 민수가 갑자기 ㉢훌쩍대기 시작했다.

"민수야, 손을 다쳤어?"

민수의 옆자리에 있던 아름이는 얼른 민수에게 고개를 돌리며 말했다. 그런데 갑자기 여기저기서 훌쩍대는 소리가 들려왔다. 아름이는 두리번거리며 다른 친구들이 손을 베였는지 살펴보았다. 민수와 친구들의 손은 상처 하나 없이 깨끗했다. 민수와 친구들은 모두 양파를 썰고 있을 뿐이었다.

"선생님, 눈이 너무 매워요!"

"저는 눈이 ㉣따끔거려요."

"양파에 매운 **기운***이 있어서 눈이 매운 거란다."

선생님은 눈물을 흘리는 아이들에게 휴지를 나눠 주셨다. 아름이는 아직 썰지 않은 양파를 바라보았다. 친구들이 훌쩍이는 모습을 보고 나니 양파를 썰기가 살짝 두려웠다. 그래도 용기를 내어 양파를 집어 들고 썰기 시작했다.

'어? 아무렇지도 않잖아?'

아름이는 양파를 썰어도 멀쩡했다. 그런데 잠시 후 아름이의 눈에서도 무엇인가가 느껴졌다. 그리고 눈물이 펑펑 쏟아졌다. 슬픈 일도 없는데 눈물을 흘리다니 아름이는 당황스러웠다. 아름이는 혼잣말을 중얼거렸다.

"양파는 세상에서 제일 슬픈 채소인가 봐."

어휘사전
* **재료**(材 재목 재, 料 되질할 료) 어떤 것을 만드는 데 쓰는 것.
* **손질** 손으로 다듬고 매만짐.
* **기운** 보이지 않지만 몸으로 느낄 수 있는 어떤 힘이나 분위기.

92

1
글의 구조

다음은 이 글에서 일어난 일을 정리한 것입니다. 시간의 흐름에 맞게 차례대로 번호를 쓰세요.

(1) 선생님은 양파에 매운 기운이 숨어 있다고 알려 주셨다.

(2) 아름이도 용기를 내 양파를 썰었다가 눈물을 펑펑 흘렸다.

(3) 민수와 친구들은 양파를 손질하다가 눈이 매워서 훌쩍거렸다.

(4) 아름이는 식탁에 놓인 재료를 보고 피자를 만들 것을 알아챘다.

(   ) → (   ) → (   ) → (   )

2
어휘 이해

다음 **보기**의 설명을 읽고, ㉠~㉣ 중에 촉각과 관련된 감각어를 찾아 기호를 쓰세요.

⊣ **보기** ⊢

'감각어'란 자극에 의해 몸에서 일어나는 느낌을 표현하는 말이다. 눈으로 보는 시각을 표현하는 낱말은 '어둡다', '밝다' 등이 있고, 청각과 관련된 낱말은 '조용하다', '시끄럽다' 등이 있다. 또한 손으로 만지는 촉각을 나타내는 낱말은 '부드럽다', '뜨겁다' 등이 있다. 미각과 관련된 낱말로는 '쓰다', '짜다', 후각과 관련된 낱말은 '향긋하다', '구리다' 등이 있다.

(   )

3
추론 하기

친구들이 양파를 썰다가 눈물을 흘린 까닭을 찾아 번호를 쓰세요.

(1) 양파에 고춧가루가 섞여 있어서

(2) 양파를 썰다 보니 슬픈 생각이 떠올라서

(3) 양파 속에 눈에 보이지 않는 매운 기운이 있어서

(   )

기체는 멀리 퍼져

어휘사전

* **세포** 식물이나 동물의 조직을 이루는 가장 작은 것.
* **파괴** 어떤 것을 부수거나 무너 뜨리는 것.
* **기체**(氣 기운 기, 體 몸 체) 공기 나 연기처럼 정해진 모양 없이 부피가 쉽게 달라지는 물질.
* **확산** 흩어져 널리 퍼지는 것.
* **입자** 물질을 이루는 아주 작은 알갱이.

자르지 않은 양파에서도 약간 매운 기운이 느껴진다. 하지만 눈물이 날 만 큼 맵지는 않다. 그런데 왜 양파를 자르면 눈이 맵고 눈물이 흐르는 것일까? 그 비밀은 양파 속 우리 눈에 보이지 않는 성분에 있다.

양파 **세포***에는 여러 가지 성분이 들어 있다. 그중 눈을 맵게 만드는 성분 두 가지가 있다. 이 둘은 평소에는 서로 떨어져 있다. 그래서 썰지 않은 양파 는 아주 맵지는 않다. 그런데 양파를 작게 자르면 양파의 세포가 **파괴***된다. 이 과정에서 두 성분이 서로 섞인다. 그리고 '프로페닐스르펜산'이라는 눈을 맵게 하는 새로운 물질이 만들어져서 눈물을 흘리게 된다.

그런데 어떻게 양파 속의 물질이 눈까지 오는 걸까? 눈을 맵게 하는 물질은 액체에서 **기체***로 쉽게 변한다. 기체는 멀리 퍼져 나가는 특징이 있다. 그래 서 기체로 변한 물질은 공기 중에 뿜어져 나와서 여기저기 자유롭게 날아다 닌다. 그러다 순식간에 사람의 눈으로 들어오면, 우리 몸은 이 기체로부터 눈 을 보호하기 위해 눈물이 나오게 한다.

이렇듯 눈에 잘 보이지 않는 기체는 공기 중에 흩어져서 멀리 퍼질 수 있다. 이것을 '기체의 **확산***'이라고 한다. 기체는 어떻게 멀리까지 퍼질까? 기체 속 에 있는 아주 작은 **입자***가 매우 활발하게 움직이기 때문이다. 그래서 꽃병에 꽃을 꽂아서 방 안에 두면, 잠시 후 방 안 전체에서 꽃향기가 나는 것이다.

그러면 양파를 썰 때 눈물이 나오지 않게 할 수는 없을까? 양파를 차가운 물에 담근 후에 썰거나 물에 적신 칼로 썰어 보자. 매운 성분이 물에 씻겨 나 가서 눈물이 나는 일이 줄어들 것이다.

내용요약

글의 중심 내용을 생각하며 빈칸의 낱말을 써 보세요.

양파를 자르면 눈을 맵게 하는 성분이 나온다. 이 성분이 ㄱ ㅊ 로 변해서 공 기 중에 퍼져 나가 우리 눈에 들어오면 눈물을 흘리게 된다.

1 이 글을 읽고 알 수 있는 것은 무엇인가요? (   )

중심
내용

① 양파를 잘 기르는 방법
② 양파가 몸에 좋은 까닭
③ 양파를 썰면 눈물이 나는 까닭
④ 양파를 키울 때 주의해야 할 점
⑤ 양파가 들어간 음식을 만드는 방법

2 다음 **보기**의 현상과 관련 있는 기체의 성질을 이 글에서 찾아 두 글자로 쓰세요.

추론
하기

┤ **보기** ├
• 여름에 하수구 냄새가 올라오는 현상
• 모기향을 피우면 모기가 그 냄새를 맡고 죽는 현상
• 향수를 뿌리면 조금 떨어진 곳에서도 향기를 맡을 수 있는 현상

(   )

3 다음 **보기**의 빈칸에 들어가기에 알맞은 예를 골라 기호를 쓰세요.

적용
하기

┤ **보기** ├
• 기체의 확산이란 기체가 멀리 퍼져 나가는 것을 말한다.
  → 예 [   ]
• 기체의 증발이란 액체가 기체로 변해서 날아가는 것을 말한다.
  → 예 젖은 빨래를 널어놓으면 마르는 것

㉠ 비가 온 뒤에 무지개가 생기는 것
㉡ 절구에 마늘을 찧으면 눈물이 나는 것

(   )

 1 생각주제와 관련된 앞의 두 글을 읽고 내용을 정리해 보세요.

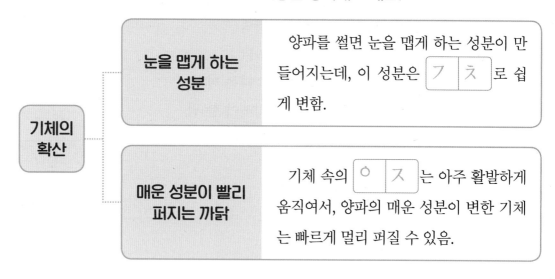

2 기체의 확산에 대한 설명으로 알맞은 것 두 가지를 골라 ○표 하세요.

(1) 기체 속의 입자는 움직임이 매우 느리다.

(2) 기체 속의 입자는 아주 활발하게 움직인다.

(3) 기체는 스스로 퍼져 나가는 성질을 가지고 있다.

(4) 기체는 그 자리에 가만히 있는 성질을 가지고 있다.

3 일상생활에서 기체가 멀리 퍼지는 것을 경험한 예를 써 보세요.

기체가 멀리 퍼지는 현상을 ✎

_____

_____

| 주제
어휘 | 기운 | 세포 | 기체 | 확산 | 입자 |

4 다음 뜻에 알맞은 주제 어휘에 ○표 하세요.

(1) 흩어져 널리 퍼지는 것. 　　　　　　　　　　　　　　　 확대 | 확산

(2) 물질을 이루는 아주 작은 알갱이. 　　　　　　　　　 입자 | 입장

(3) 보이지 않지만 몸으로 느낄 수 있는 어떤 힘이나 분위기. 　 기억 | 기운

(4) 공기나 연기처럼 정해진 모양 없이 부피가 쉽게 달라지는 물질.

　　　　　　　　　　　　　　　　　　　　　　　　　　 기체 | 액체

5 다음 빈칸에 공통으로 들어갈 낱말을 주제 어휘에서 찾아 쓰세요.

(1)
- 식물의 [　　　　　]를 현미경으로 관찰하였다.
- 사람의 몸은 수없이 많은 [　　　　　]로 이루어져 있다. → [　|　]

(2)
- 집에 들어가니 따스한 [　　　　　]이 온몸을 감쌌다.
- 가을이 되니 아침저녁으로 찬 [　　　　　]이 느껴진다. → [　|　]

6 다음 밑줄 친 말과 뜻이 비슷한 낱말을 주제 어휘에서 찾아 쓰세요.

　　물질은 고체냐, 액체냐, 기체냐에 따라 퍼지는 속도가 다르다. 그리고 주어진 온도에 따라서도 퍼져 나가는 속도가 다르다. 물컵 세 개를 준비하자. 그리고 각 컵에 뜨거운 물, 미지근한 물, 얼음물을 넣는다. 세 컵에 똑같이 빨간색 물감을 한 방울 떨어뜨리면 어떤 일이 벌어질까? 뜨거운 물에 떨어진 물감이 가장 빨리 퍼진다. 그다음은 미지근한 물이고, 얼음물에서는 가장 천천히 퍼진다.

(　　　　　　　)

게임이 더 재미있어!

오늘도 도영이는 학원이 끝난 후 집 근처에 있는 할아버지 댁으로 향했다. 맞벌이하시는 부모님의 퇴근을 기다리며 할아버지와 함께 텔레비전을 보았다.

"서도영! 스마트폰 금지*야. 맨날 게임만 하면 어떡하니?"

얼마 전, 도영이는 부모님 몰래 밤 10시까지 스마트폰으로 게임을 했다. 결국 부모님에게 들켜서 당분간 스마트폰도 게임기도 쓸 수 없게 되었다.

텔레비전 속 뉴스에서는 초등학교 주변 어린이 보호 구역에서 제한 속도를 어기면 앞으로 **과태료***를 두 배 이상 내야 한다는 소식이 나오고 있었다. 화면 속에서는 노란 **정지선*** 앞에서 ㉠한 학생이 횡단보도를 건너려고 기다리고 있었다.

'아, 재미없어. 게임을 하고 싶어. 게임이 진짜 재미있는데……'

혼잣말을 중얼거리던 도영이는 텔레비전의 리모컨을 슬며시 집어 들었다. 그리고 뉴스 화면 속 아이를 ㉡게임의 **캐릭터***라고 상상하기 시작했다. 아이가 횡단보도를 건너려고 막 움직였다. 그러자 도영이는 그 아이가 횡단보도를 0.1초 만에 건너는 상상을 하며 리모컨의 아무 단추나 세게 눌렀다. 그러자 텔레비전의 소리가 3단계 커졌다. 화면에 숫자가 뜨자 마치 아이의 머리 위에 3이라는 점수가 나온 것 같았다.

그런 다음, 도영이는 자동차가 횡단보도를 넘어오지 못하게 담을 쌓는 것을 상상했다. 화면에서 아이가 횡단보도 중간쯤 왔을 때, 또 리모컨의 아무 단추나 여러 번 눌렀다. 이번엔 소리가 10단계나 높아졌다. 도영이는 아이의 머리 위에 10이라는 점수가 생겼다고 상상했다.

"야호, 13점 벌었다!"

"도영아, 소리 줄여라! 할아버지 고막* 떨어지겠다."

상상의 세계에 빠져 있던 도영이는 쩌렁쩌렁한 텔레비전 소리에 화들짝 놀랐다.

어휘사전

* **금지** 어떤 행위를 하지 못하도록 막는 것.

* **과태료** 의무를 제대로 하지 않은 사람에게 벌로 내게 하는 돈.

* **정지선** 횡단보도 앞에 멈춰 서야 하는 위치를 나타내는 선.

* **캐릭터**(character) 소설·연극·게임 등에 나오는 인물.

* **고막** 귓속의 얇은 막.

내용요약

글의 중심 내용을 생각하며 빈칸의 낱말을 써 보세요.

뉴스를 보다가 게임이 하고 싶어진 도영이는 화면 속 어린이를 [게] [임] 속 캐릭터라고 상상하고 마구 리모컨 단추를 눌렀다가 텔레비전 소리가 커져서 화들짝 놀라게 된다.

1 도영이가 리모컨 단추를 마구 누른 까닭은 무엇인가요? (   )

내용
이해

① 리모컨이 신기했기 때문에

② 스마트폰이라고 착각했기 때문에

③ 뉴스 소리가 잘 안 들렸기 때문에

④ 뉴스 보기 말고 게임을 하고 싶었기 때문에

⑤ 뉴스 말고 다른 방송을 보고 싶었기 때문에

2 다음 중 ㉠, ㉡에 알맞은 설명을 두 가지씩 골라 번호를 쓰세요.

추론
하기

(1) 현실의 어딘가에 사는 진짜 사람이다.

(2) 도영이가 마음먹은 대로 조종할 수 있다.

(3) 도영이가 마음먹은 대로 조종할 수 없다.

(4) 진짜 사람이 아니라 만들어 낸 인물이다.

㉠	㉡

3 이 글의 도영이와 비슷한 경험을 한 친구의 이름을 쓰세요.

적용
하기

주말에 피아노 연주회에 다녀왔는데, 피아노 연주가 정말 아름답게 들렸어.

유진

게임이 너무 하고 싶어서 유튜브로 다른 사람이 게임을 하는 영상을 보았는데, 마치 내가 게임을 하는 것처럼 빠져들었어.

동하

줄넘기 대회에 나가기 위해 줄넘기 영상을 보며 줄넘기를 연습했어.

태리

(   )

어린이를 위한 슬기로운 미디어 생활

어린이를 위한 슬기로운 미디어 생활

글 매체연구회 선생님들 우리학교

1 게임은 첨단 기술을 바탕으로 한 새로운 **미디어**예요. 그래서 책이나 영화, 뉴스 같은 미디어와는 다른 여러 특징이 있답니다. 게임의 특징 몇 가지를 함께 알아볼까요?

2 첫째, 게임은 그냥 보거나 읽는 방식이 아니라서 각자의 **상황**과 개성에 따라 다른 의미가 오고 가요. 뉴스와 비교해 볼까요? TV나 신문의 뉴스를 보며 사람들은 어떤 사건에 대해 똑같은 소식을 접해요. 반면 게임에서 벌어지는 사건은 당사자에게만 일어나는 특별한 경험이에요. 만약 1만 명이 같이 뉴스를 보거나 게임을 한다고 생각해 보세요. 뉴스는 1만 명 모두가 같은 소식을 접하지만, 게임은 1만 명 각각의 **플레이**가 하나도 똑같을 수 없어요.

3 둘째, 게임에 **참여**한 사람들은 서로 영향을 주고받아요. '리그 오브 레전드'라는 게임을 예로 들어 볼게요. 이 게임은 상대 캐릭터의 기술만 이해해서는 결코 이길 수가 없어요. 상대가 어느 타이밍에 집에 가는지, 라인에 보이지 않으면 무슨 행동을 하는 중인지 파악해야만 맞붙을 수 있지요. 결국 게임 속 이야기는 정해진 것이 없어요. 상대의 움직임을 어떻게 해석하느냐에 따라 내 움직임도 계속해서 변화하기 때문에, 서로에게 끊임없이 영향을 미치면서 게임이 진행된답니다.

4 셋째, 게임을 통해 새로운 효과를 만들어 낼 수 있어요. 소설에서는 주인공과 등장인물이 사건을 이끌어 나가지만, 게임은 내가 직접 사건에 참여해야 이야기가 진행될 수 있어요. 대표적인 예가 바로 '마인크래프트'라는 게임이에요. 마인크래프트는 게임 중에서도 **플레이어**에게 주어진 선택의 폭이 더 넓은 게임이에요. 게임의 기본 원리를 익히고 나면 내 선택에 따라 건물을 지을 수도 있고, 커다란 광산을 만들거나 농장 주인이 될 수도 있어요. 또 **긴장감** 넘치는 생존 게임을 즐길 수도 있지요. 비록 모니터나 액정에 담긴 세상이지만, 나만의 세상을 만든다는 것 자체가 짜릿한 일이에요. 이처럼 게임을 한다는 것은 새로운 세상을 만들어 내는 일이기도 하답니다.

어휘사전

＊**미디어**(media) 신문·방송·광고 등 정보를 전달해 주는 도구.

＊**상황**(狀 형상 상, 況 상황 황) 어떤 일이 되어 가는 형편이나 모양.

＊**플레이**(play) 운동 경기나 게임에서 펼쳐지는 내용.

＊**참여** 어떤 일에 끼어서 함께함.

＊**플레이어**(player) 운동 경기나 게임을 펼치는 사람.

＊**긴장감** 마음을 놓지 못하고 온 힘과 주의를 집중하고 있는 상태.

내용요약

글의 중심 내용을 생각하며 빈칸의 낱말을 써 보세요.

게임은 첨단 기술을 바탕으로 한 새로운 ⬜ ⬜ ⬜ 로 책이나 영화, 뉴스 등과는 다른 특징이 있다. 그래서 게임을 하면 새로운 세상을 경험할 수 있다.

1 이 글의 내용과 일치하지 <u>않는</u> 것은 무엇인가요?　(　　　　)

내용
이해

① 게임에서는 내가 사건을 만들어 갈 수 있다.

② 게임도 책이나 뉴스처럼 미디어의 한 종류이다.

③ 게임에 참여한 사람들은 서로 영향을 주고받는다.

④ 같은 게임을 하는 사람은 모두 똑같은 경험을 한다.

⑤ 게임 속 사건은 당사자에게만 일어나는 특별한 경험이다.

2 🄸~🄴 중, 다음과 같은 설명 방법이 쓰인 문단 두 곳을 찾아 문단의 번호를 쓰세요.

글의
구조

> 예시: 어려운 내용을 누군가에게 설명할 때, 많이 알려진 것을 예로 들어 이야기
> 하면 쉽게 이해시킬 수 있다.

(　　　　　　　)

3 이 글에서 설명하고 있는 '게임을 하는 사람'과 가장 비슷한 것은 누구인가요?

적용
하기

(　　　　)

① 글을 읽는 독자

② 그림을 감상하는 관람객

③ 대본대로 연기하는 배우

④ 텔레비전을 보는 시청자

⑤ 축구 경기를 이끄는 축구 감독

1 생각주제와 관련된 앞의 두 글을 읽고 내용을 정리해 보세요.

게임의 정의

첨단 기술을 바탕으로 한 새로운 미디어

게임의 특징 1

게임은 각자의 ㅅㅎ 과 개성에 따라 다른 의미가 오고 감.

게임의 특징 2

상대의 움직임에 대한 해석에 따라 내 움직임도 변화하므로 게임에 참여한 사람들끼리 서로 영향을 주고받음.

게임의 특징 3

내가 직접 사건에 참여해야 이야기가 진행되므로 게임을 통해 새로운 ㅎㄱ 를 만들어 냄.

2 다음 두 친구가 공통으로 설명하고 있는 것에 ○표 하세요.

게임 속에서 내 직업은 요리사야. 매일 새로운 요리를 연구하지.

마인크래프트 게임 속에서 나는 망치를 들고 다니며 집을 지어.

(1) 게임을 잘하려면 현실과 비슷한 역할을 맡아야 한다.

(2) 게임은 플레이어의 선택에 따라 새로운 이야기를 만들 수 있다.

3 게임이 왜 재미있는지 자신의 생각을 써 보세요.

게임이 재미있는 까닭은 ✎ _____

_____

_____

주제 어휘	캐릭터	미디어	플레이	참여	긴장감

4 다음 주제 어휘의 뜻으로 알맞은 것을 찾아 선으로 이으세요.

(1) 캐릭터 •   • ㉠ 어떤 일에 끼어서 함께함.

(2) 플레이 •   • ㉡ 소설·연극·게임 등에 나오는 인물.

(3) 참여 •   • ㉢ 운동 경기나 게임에서 펼쳐지는 내용.

(4) 긴장감 •   • ㉣ 마음을 놓지 못하고 정신을 차리는 느낌.

5 다음 빈칸에 들어갈 알맞은 낱말을 주제 어휘에서 찾아 쓰세요.

(1) 우리 반도 교내 대청소에 (   )하기로 했다.

(2) 게임, 인터넷, 스마트폰은 새로 등장한 (   )이다.

(3) 쪽지 시험을 앞두고 교실에는 팽팽한 (   )이 감돌았다.

(4) 중국과의 결승전에서 우리 선수들은 멋진 (   )를 선보였다.

6 다음 문장의 밑줄 친 말과 바꿔 쓸 수 있는 낱말에 ○표 하세요.

(1) 내가 하는 게임의 인물은 멋진 칼을 지니고 있다. → 캐리커처 | 캐릭터

(2) 시험을 보며 혹시 실수를 하지는 않을지 불안감이 들었다.

→ 긴장감 | 자신감

4 장

2개의 글을 연결해
재미있게 읽어요~

간서치 형제의 책 읽는 집

간서치
형제의
책 읽는 집

글 김주현
개암나무

형은 쿨쿨 잘도 자는 아우를 깨우기가 뭣해서 물끄러미 쳐다보다가 해가 방 안 깊숙이 들어오고 나서야 아우를 깨웠습니다.

"아, 맞다. 오늘 장 구경을 나간다 하지 않았습니까?"

"아침 독서를 마치고 나가야지요."

"아침에 꼭 읽어야 합니까?"

아우가 툴툴거리며 **볼멘소리***로 말했습니다.

"시간을 정해 놓고 책을 읽으면 책 읽기가 더욱 즐거워지니까요."

아침 책 읽기를 마치고 나서 형제는 외출할 **채비***를 했습니다. 형의 옷은 여기저기 **해져서*** 매서운 바람이 숭숭 드나들었습니다. 아우의 옷도 매한가지였지요. 그래도 형은 아우의 옷깃을 단단히 여며 준 뒤 함께 문밖으로 나섰습니다.

"나온 김에 **지전***에 가서 종이를 사야겠습니다."

"또 책을 베껴 쓰시게요?"

"며칠 전에 빌린 책을 돌려줘야 하니, 서둘러 베껴 써야지요."

"우리가 가난하지 않으면 형님께서 매번 책을 베껴 쓰지 않아도 될 텐데요……. 빌릴 필요 없이 사서 보면 되니까요."

선비는 아우를 지긋이 바라보았습니다.

"아우님, 가난해서 속상합니까?"

"그게……. 형님이 힘들게 책을 베껴 쓰시는 것이 안타까워서 그러지요."

"부족한 것이 꼭 나쁜 것만은 아니고, 넘치는 것이 꼭 좋은 것만도 아닙니다. 책을 한 자, 한 자 베껴 쓰면 그 책이 통째로 마음속에 새겨지니 그보다 좋을 수 없지요. 책을 손쉽게 살 수 있다면 그토록 마음 깊이 새길 수 있을까요?"

"그래도 **서가***에 책이 꽉 차 있으면 좋겠습니다."

"비단으로 싼 책들을 화려한 책장에 빽빽하게 꽂아 놓고 한 글자도 읽지 않는 겉치레뿐인 도령들이 허다합니다."

"형님 말씀을 듣고 보니 그러하네요. ㉠'배불리 먹고 따뜻하게 입고 편안히 지낼 뿐 가르침이 없다면 **금수***에 가깝다.'고 하였지요."

어휘사전

* **볼멘소리** 서운하거나 성이 나서 퉁명스럽게 하는 말.

* **채비** 준비를 하는 것.

* **해지다** 옷·신 등이 다 닳아서 구멍이 나거나 찢어지다.

* **지전**(紙 종이 지, 廛 가게 전) 온 갖 종이를 파는 가게.

* **서가**(書 글 서, 架 시렁 가) 책을 꽂을 수 있게 여러 층으로 만든 책장.

* **금수** 날짐승과 길짐승을 포함한 모든 짐승.

1 형이 아침부터 동생을 깨운 까닭은 무엇인가요? (   )

내용
이해

① 동생이 코를 고는 소리가 시끄러워서
② 동생이 늦잠을 자는 모습이 얄미워서
③ 동생이 정해진 시간에 독서했으면 해서
④ 동생보다 먼저 시장 구경을 가고 싶어서
⑤ 동생보다 먼저 독서를 끝낸 것을 자랑하고 싶어서

2 ㉠과 **보기**에서 알 수 있는 교훈으로 알맞은 것은 무엇인가요? (   )

적용
하기

┤ 보기 ├

　선비라면 반드시 책을 읽어야 한다. 책은 빌려서라도 읽어야 하고, 책을 묶어 두기만 하고 읽지 않는 것을 부끄럽게 여겨야 할 것이다.

- 이덕무, 『세정석담』 중에서

① 부끄러움을 알아야 한다.
② 책은 반드시 빌려 읽어야 한다.
③ 늘 책을 읽고 배우고 익혀야 한다.
④ 아침 독서와 베껴 쓰기를 해야 한다.
⑤ 편하게 살고자 하는 마음을 버려야 한다.

3 다음 **보기**를 바탕으로 이 글을 감상한 내용으로 적절한 것을 골라 번호를 쓰세요.

감상
하기

┤ 보기 ├

　이 이야기에 나오는 형은 자신을 '책만 읽는 바보'라고 할 정도로 책을 좋아한 조선 시대 선비 이덕무예요. 이덕무는 가난해서 책을 사지 못하고, 빌려서 베껴 쓰고 돌려주었다고 해요. 그리고 『사소절』이라는 책에서 "글이란 눈으로 보고 입으로 읽는 것보다 손으로 직접 한 번 써 보는 것이 백 배 낫다."라고 하였지요.

(1) 책을 좋아하면 바보가 되니 책을 멀리할래.
(2) 마음속 깊이 새겨지게 책을 읽으려면 책을 따라 써야겠어.

(   )

위인들의 ⬚⬚ 방법

예나 지금이나 독서는 중요하다. 책을 읽으면 지식이 쌓이고 간접적으로 경험을 넓힐 수 있기 때문이다. 옛날에는 책을 구하기가 어려웠다. 그림에도 불구하고 책을 좋아하는 사람이 많았다. 옛사람들의 책 읽기에서 배울 점은 무엇일까?

『목민심서』 등 많은 책을 쓴 조선 후기의 **실학자*** 다산 정약용은 엄청난 **독서광***으로 유명했다. 18년 **유배*** 생활 동안 500여 권의 책을 쓸 정도로 많은 책을 읽었다. 그는 누구나 독서를 통해 훌륭한 사람이 될 수 있다고 하였다. 또 자신만의 독서 방법을 가지고 있었다. 그중 하나는 '**정독***'이었다. 정독이란 글을 읽을 때 그저 글자만 보는 것이 아니라, 그 의미를 생각하며 읽는 것이다. 그는 "수천 권의 책을 읽어도 그 뜻을 모르면 읽지 않은 것과 같다."라고 말하였다. 이를 위해서 모르는 말이 나오면 그 뜻을 파악하고 넘어가는 것이 중요하다고 하였다.

조선 시대 **유학자*** 퇴계 이황은 "독서하는데 어찌 장소를 가릴쏘냐."라는 말을 남겼다. 어디서든 책을 가까이하고, 책을 읽지 못하는 변명을 늘어놓지 말라는 교훈을 준다. 그는 글의 뜻을 겉으로만 알지 말고 깊이 익히는 정독을 해야 마음속에 간직할 수 있음을 강조하였다. 그저 한 권을 빨리 읽거나 줄거리만 파악하는 것은 진정한 독서가 아니며, 한 권의 책을 이해할 때까지 읽고 또 읽으라고 하였다. 또한 이황은 시간이 사람을 기다려 주지 않는다고 하였다. 그래서 주어진 시간 동안 열심히 독서하고 공부할 것을 **당부***하였다.

책이 귀하던 그 옛날에도 사람들은 나름의 방법으로 책을 읽었다. 정독을 강조한 그들의 독서 방법은 책을 어떻게 읽을 것인가에 대한 좋은 답이 되어 준다.

어휘사전

＊ **실학자** 조선 시대에 생활이 나아지게 하고자 노력한 우리나라의 학문인 '실학'을 주장한 사람.

＊ **독서광** 책에 미친 듯이 책을 많이 읽는 사람.

＊ **유배** 죄를 지은 사람을 먼 곳으로 보내어 머물게 하는 형벌.

＊ **정독** 꼼꼼하고 자세하게 읽음.

＊ **유학자** 옛 중국의 철학자인 공자의 가르침인 '유학'을 연구한 사람.

＊ **당부**(當 마땅할 당, 付 줄 부) 말로 단단히 부탁하는 것.

내용요약
글의 중심 내용을 생각하며 빈칸의 낱말을 써 보세요.

다산 정약용과 퇴계 이황은 자신만의 독서 방법으로 ⬚ ⬚ 을 강조하였다. 이들의 독서 방법은 오늘날 우리가 책을 읽는 데에도 도움이 된다.

1 ㉠에 들어갈 말을 빈칸에 써 넣어 이 글의 제목을 완성하세요.

중심
내용

• 위인들의 ☐ ☐ ☐ 방법

2 이 글에서 정약용이 말한 독서 방법으로 알맞은 것에 ○표 하세요.

내용
이해

(1) 독서를 할 때는 글자를 그저 빨리 읽는다. (   )

(2) 독서를 할 때는 그 의미를 생각하며 읽는다. (   )

(3) 독서를 할 때는 그 뜻을 몰라도 수천 권의 책을 읽는다. (   )

3 정약용과 이황의 독서 방법에서 찾을 수 있는 공통점은 무엇인가요? (   )

내용
이해

① 책을 빨리 읽는다.

② 책을 직접 사서 읽는다.

③ 책은 도서관에서만 읽는다.

④ 책을 꼼꼼하고 자세히 읽는다.

⑤ 책에 대해 다른 사람들과 함께 이야기한다.

4 이 글에서 강조하는 올바른 독서 방법을 바르게 실천한 예를 두 가지 골라 기호를
쓰세요.

적용
하기

> ㉮ 준수는 매일 다른 책을 빠르게 읽고, 줄거리만 파악한다.
> ㉯ 나라는 책을 읽을 장소를 정해 놓고, 거기에서만 독서한다.
> ㉰ 민희는 책을 읽다가 모르는 낱말이 나오면 그 의미를 찾아가며 읽는다.
> ㉱ 윤주는 언제 어디서든 책을 가지고 다니며 장소에 상관없이 책을 읽는다.

(   )

주제
정리

1 생각주제와 관련된 앞의 두 글을 읽고 나만의 독서 방법을 예3의 빈칸에 써 보세요.

독서

예1	예2	예3
간서치 형제의 책 읽는 집	**위인들의 책 읽기 방법**	
시간을 정해서 책을 읽으면 책 읽기가 즐겁고, 책을 베껴 쓰면 통째로 마음속에 새길 수 있다.	정약용과 이황은 책을 꼼꼼하고 자세하게 읽는 정독을 중요하게 생각했다.	

2 「간서치 형제의 책 읽는 집」의 형이 책을 읽은 방법으로 알맞은 것 두 가지를 골라 ○표 하세요.

(1) 책을 한 자, 한 자 베껴 쓴다.

(2) 시간을 정해 놓고 독서한다.

(3) 매일 책에서 세 가지 교훈을 얻는다.

(4) 모르는 낱말이 나오면 그 뜻을 찾아가며 읽는다.

3 독서할 때 정독이 왜 중요한지 자신의 생각을 써 보세요.

정독이 중요한 까닭은 ✎

_____

_____

| 주제 어휘 | 채비 | 지전 | 독서광 | 유배 | 정독 | 당부 |

4 다음 주제 어휘의 뜻으로 알맞은 것을 찾아 선으로 이으세요.

(1) 지전 •　　　　　　• ㉠ 온갖 종이를 파는 가게.

(2) 유배 •　　　　　　• ㉡ 꼼꼼하고 자세하게 읽음.

(3) 정독 •　　　　　　• ㉢ 말로 단단히 부탁하는 것.

(4) 당부 •　　　　　　• ㉣ 죄를 지은 사람을 먼 곳으로 보내어 머물게 하는 형벌.

5 다음 빈칸에 들어갈 알맞은 낱말을 주제 어휘에서 찾아 쓰세요.

(1) 책 속에 말을 곱씹으며 (　　　　　　)하였다.

(2) 이모는 밤낮없이 책을 읽는 (　　　　　　)이었다.

(3) 정약용은 전라남도 강진으로 (　　　　　　)되었다.

(4) 그는 제주도로 여행을 떠날 (　　　　　　)를 하느라 바빴다.

6 다음 밑줄 친 말과 뜻이 비슷한 낱말을 주제 어휘에서 찾아 쓰세요.

태풍이 우리나라로 오고 있다. 이번 태풍에 대비해 지리산 등 국립 공원 21개와 공원 613개에서 사람의 출입을 막고 있다. 또 전국의 도로 389개와 하천 499곳도 통제되고 있다. 학교는 학교장의 판단에 따라 단축 수업이나 휴교가 가능하다. 중앙재난안전대책본부에서는 태풍으로 인해 바람이 거세게 불기 때문에 주민들은 외출하지 말고 집에 머물 것을 부탁했다.

(　　　　　　　　　　　)

한글 점자의 발명

눈이 보이지 않으면 책을 읽을 수 없을까? **시각 장애인**[*]을 위한 '**점자**[*]'로 쓰여진 책이 따로 있다. 점자는 종이 위에 볼록 튀어나온 점으로 여러 가지 글자를 나타낸 **기호**[*]이다. 눈이 안 보이는 사람은 점자로 된 책을 손가락 끝으로 만지면서 글을 읽는다.

점자는 1824년 프랑스의 루이 브라유가 처음 만들었다. 브라유는 어릴 때 눈을 다쳐 앞을 볼 수 없었다. 그는 직사각형 모양 안에 여섯 개의 크고 작은 점을 이용하여 글자를 표현하였다. 그의 **발명**[*] 덕분에 앞이 보이지 않는 사람도 책을 읽게 되었다.

한글 점자는 100여 년 전에 박두성이 만들었다. 박두성은 학교에서 아이들을 가르치는 선생님이었다. 그러다 스물다섯 살이 되었을 때, 시각 장애인 학교의 선생님이 되었다. 그 당시는 일본에 우리나라를 빼앗겼던 때였다. 학교에서는 일본인 선생님이 아이들에게 일본어로 된 점자를 가르치고 있었다. 아이들은 익숙하지 않은 일본어를 배우느라 힘들어했고 혼나기 일쑤였다. 박두성은 아이들에게 우리말을 가르치기 위해 한글 점자를 만들기로 결심했다.

박두성은 오랜 연구 끝에 한글 점자를 만들었다. 한글 점자는 여섯 개의 크고 작은 점으로 우리말을 표현했는데, 한글의 받침까지도 정확하게 나타낼 수 있는 것이었다. 박두성은 이 한글 점자의 이름을 '훈맹정음'이라고 지었다. **훈민정음**[*]은 세종 대왕이 글자를 모르는 백성들을 위해 만든 것이었다. 이처럼 훈맹정음도 앞을 보지 못하는 누구라도 한글을 배울 수 있다는 의미를 담고 있다. 박두성은 1926년 11월 4일에 훈맹정음을 세상에 알렸다. 이날은 480년 전 훈민정음이 세상에 나온 날이기도 하다. 그래서 지금까지도 11월 4일은 '한글 점자의 날'로 정하고 있다.

▲ 점자로 된 책

어휘사전

* **시각 장애인** 앞을 보지 못하거나 보기 어려운 사람.
* **점자** 종이 위에 도드라진 점들을 일정한 방식에 따라 배치하고, 손가락으로 만져 보아 의미를 알아내게끔 한 문자.
* **기호** 어떠한 뜻을 전달하기 위한 일정한 표시.
* **발명** 지금까지 없던 새로운 기술이나 물건을 처음으로 생각하거나 만들어 내는 것.
* **훈민정음** 1443년에 세종이 처음 만든 한글 글자.

내용요약

글의 중심 내용을 생각하며 빈칸의 낱말을 써 보세요.

ㅈ ㅈ 는 종이 위에 튀어나온 점을 이용하여 글자를 나타낸 기호이다. 한글 ㅈ ㅈ 는 1926년에 박두성이 처음 만들어 발표한 것으로, 훈맹정음이라 불렀다.

1

중심
내용

글쓴이가 이 글을 쓴 까닭으로 알맞은 것은 무엇인가요? (   )

① 훌륭한 시각 장애인들을 알리기 위해

② 훈민정음이 탄생한 배경을 알리기 위해

③ 일제강점기 때 우리 민족의 삶을 알리기 위해

④ 루이 브라유가 만든 점자의 장점을 알리기 위해

⑤ 한글 점자를 만든 까닭과 그 의미를 알리기 위해

2

내용
이해

이 글의 내용으로 알맞은 것 두 가지에 ○표 하세요.

(1) 시각 장애인들은 점자를 이용해서 책을 읽는다. (   )

(2) 점자는 손바닥을 사용해 의미를 파악할 수 있다. (   )

(3) 박두성 선생은 세계 최초로 점자를 발명한 사람이다. (   )

(4) 매년 11월 4일은 한글 점자가 만들어진 것을 기념하는 날이다. (   )

3

적용
하기

이 글과 **보기**를 읽고 세종 대왕과 박두성에 대해 바르게 평가한 친구의 이름을 쓰세요.

┤ **보기** ├

한글은 세종 대왕이 만들었다. 그 당시에는 우리말을 적을 수 있는 글자가 없어 한자를 사용하였다. 그런데 한자는 백성들이 배우기엔 너무 어려웠다. 이에 세종 대왕은 집현전 학자들과 한글을 만들었다. 그리고 한글을 '백성을 가르치는 바른 소리'라는 뜻을 지닌 '훈민정음'이라 하였다.

지수: 세종 대왕과 박두성 선생은 시각 장애인을 위해 애쓴 인물들이야.

성진: 세종 대왕과 박두성 선생은 차별받는 사람들을 위해 한글과 점자를 발명했어.

(   )

유니버설 디자인

1 버스는 여러 사람이 이용한다. 그런데 버스에 타기 어려운 사람이 있다면 어떨까? 버스는 보통 출입구의 계단을 밟고 올라야만 탈 수 있다. 그런데 할아버지와 할머니, 어린아이, 몸이 불편한 사람은 계단을 오르내리기가 불편할 것이다. 그래서 나온 것이 바로 '저상 버스'이다. 저상 버스는 바닥이 낮고 출입구에 계단이 없어서 누구라도 쉽게 버스를 탈 수 있다. 또 버스와 정류장 사이에 걸쳐 놓을 수 있는 경사판이 숨어 있어서 휠체어나 유모차도 타기 쉽다.

2 저상 버스는 모든 사람을 위해 만들어졌다. 즉 몸이 약하거나 불편한 사람도 편하게 타고 내리는 방법을 고민한 것이다. 이렇게 모든 사람이 편하게 쓸 수 있는 물건을 만드는 것을 '유니버설 디자인*'이라고 한다. 이것은 나이나 성별, 국적, 장애와 상관없이 누구나 쉽고 **평등***하게 쓸 수 있는 디자인을 의미한다. 다른 말로는 '모든 사람을 위한 디자인'이라고 한다.

3 우리는 주변에서 유니버설 디자인을 이용한 물건을 쉽게 볼 수 있다. 예를 들어 양손잡이용 가위를 들 수 있다. 보통 가위는 오른손잡이를 기준으로 만든다. 하지만 양손잡이용 가위는 왼손잡이인 사람들도 편리하게 쓸 수 있도록 만들어졌다. 또 **인도*** 위에 놓인, 점자가 새겨진 블록이 있다. 이것은 눈이 안 보이는 사람이 방향을 알 수 있도록 한 것이다. 그리고 낮게 놓인 세면대도 있다. 보통 세면대는 어른의 키에 맞춰져 있다. 그래서 키가 작은 어린이나 몸이 불편하여 서기 힘든 사람은 사용하기 어렵다. 세면대가 낮게 놓여 있으면 모두가 사용할 수 있게 된다.

4 작은 변화만으로도 세상은 크게 달라질 수 있다. 세상을 바꾸는 발명은 작은 관심에서 출발하는 것이다.

어휘사전

* **디자인**(design) 상품이나 옷 등을 멋있고 기능이 좋게 만드는 도안.

* **평등** 한 사회에서 권리가 모든 사람에게 고르고 똑같은 것.

* **인도**(人 사람 인, 道 길 도) 차가 다니는 큰길에서 사람이 걸어다니게 따로 갈라놓은 길.

내용요약

글의 중심 내용을 생각하며 빈칸의 낱말을 써 보세요.

유니버설 디자인은 모든 사람이 나이나 성별, 국적, 장애와 상관없이 누구나 쉽고 [ㅍ][ㄷ]하게 쓸 수 있는 물건을 만드는 것이다.

1 유니버설 디자인에 대한 설명으로 알맞은 것은 무엇인가요? (   )

내용 이해

① 소수만을 위한 디자인이다.

② 보통 사람들이 차별받는 디자인이다.

③ 어린이의 눈높이에 맞춘 디자인이다.

④ 몸이 약한 사람만을 위한 디자인이다.

⑤ 누구나 쉽고 평등하게 쓸 수 있는 디자인이다.

2 이 글에서 설명한 유니버설 디자인을 이용한 예를 다음처럼 정리할 때, 빈칸에 알맞은 말을 각각 쓰세요.

내용 이해

유니버설 디자인을 이용한 예	
(1) [ ] 버스	바닥이 낮고 출입구에 계단이 없어서 누구라도 쉽게 버스를 탈 수 있고, 휠체어나 유모차도 타기 쉬움.
양손잡이용 가위	왼손잡이인 사람들도 편리하게 쓸 수 있음.
인도 위 (2) [ ] 블록	눈이 안 보이는 사람도 방향을 알 수 있음.
낮게 놓인 세면대	어린이와 어른 모두가 사용할 수 있음.

3 유니버설 디자인의 예로 알맞은 것을 **보기**에서 골라 기호를 쓰세요.

적용 하기

┤ 보기 ├

㉠ 인간은 하늘을 날 수 없었다. 그런데 1783년 몽골피에 형제는 종이로 만든 열기구에 뜨거운 공기를 넣어 1,500미터 높이까지 나는 데 성공하였다. 이후 비행기가 개발되었다.

㉡ 과거에는 지하철 손잡이 높이가 어른의 키에 맞게 설치되어 있었다. 그래서 키 작은 사람은 손잡이를 잡기 힘들었다. 지금은 손잡이의 길이를 다르게 하여 키 작은 사람도 손잡이를 잡을 수 있다.

(   )

 1 생각주제와 관련된 앞의 두 글을 읽고 세상을 바꾼 발명을 예3의 빈칸에 써 보세요.

세상을 바꾼 발명

몸이 약하거나 불편한 사람도 편하게 쓸 수 있는 점자와 물건들이 발명되었다.

예1
한글 점자의 발명

박두성은 우리나라 시각 장애인들을 위해 한글 점자인 '훈맹정음'을 발명했다.

예2
유니버설 디자인

모든 사람을 위한 유니버설 디자인으로 저상 버스, 양손잡이 가위 등을 발명했다.

예3

2 다음 두 친구가 공통으로 설명하고 있는 것에 ○표 하세요.

양손잡이용 가위는 왼손잡이도 손쉽게 사용할 수 있어.

색을 구분하지 못하는 색맹을 위한 지하철 노선도가 만들어졌어.

(1) 유니버설 디자인은 모든 사람을 위한 물건을 만드는 것이다.

(2) 유니버설 디자인은 돈이 많은 사람을 위한 물건을 만드는 것이다.

3 세상을 바꾼 발명의 예를 하나 떠올려 써 보세요.

세상을 바꾼 발명에는 (   )이(가) 있다. 이 발명은 ✎

_____

_____

| 주제 어휘 | 점자 | 기호 | 발명 | 디자인 | 평등 |

4 다음 주제 어휘의 뜻으로 알맞은 것을 찾아 선으로 이으세요.

(1) 점자 •

(2) 기호 •

(3) 디자인 •

(4) 평등 •

• ㉠ 어떠한 뜻을 전달하기 위한 일정한 표시.

• ㉡ 상품이나 옷 등을 멋있고 기능이 좋게 만드는 도안.

• ㉢ 한 사회에서 권리가 모든 사람에게 고르게 똑같은 것.

• ㉣ 종이 위에 도드라진 점들을 일정한 방식에 따라 배치하고, 손가락으로 만져 보아 의미를 알아내게끔 한 문자.

5 다음 빈칸에 공통으로 들어갈 낱말을 주제 어휘에서 찾아 쓰세요.

(1)
• 세종 대왕은 훈민정음을 [   ]하였다.
• 에디슨이 [   ]한 전구 덕분에 어두운 곳을 밝힐 수 있다.

→ [   ]

(2)
• 모든 사람은 [   ]하게 교육을 받을 권리가 있다.
• 반장을 뽑는 선거에서 모두 [   ]하게 한 표씩 투표하였다.

→ [   ]

6 다음 밑줄 친 말과 뜻이 비슷한 낱말을 주제 어휘에서 찾아 쓰세요.

미국의 유명한 주간 잡지 『타임』에서 장애인을 위한 가장 편리한 제품으로 '스마트 휠체어'를 뽑았다. 스마트 휠체어는 휠체어에 앉은 사람이 의자를 조종할 때마다 데이터를 모두 수집한다. 그래서 예기치 않은 위험한 상황이 생겼을 때 자동으로 속도를 늦추거나 정지할 수 있다. 장애인이 위험한 상황에서도 안전할 수 있도록 개발한 것이다.

(   )

나의 첫 사막 여행

방학 때 우리 가족은 사막으로 여행을 다녀왔다. 우리는 덜컹거리는 차를 타고 사막 한가운데로 갔다. 처음 만나는 사막에 가슴이 뛰었다. 그 풍경은 말로 표현할 수 없을 만큼 아름다웠다. 그때 다른 여행객이 외치는 소리가 들렸다. "오아시스*다!" 모두의 시선이 한곳으로 향했다. 그곳에는 반짝이는 호수 같은 것이 보였다. 나는 신이 나서 그쪽으로 뛰어갔다. 그런데 가까이 다가가서 보니 아무것도 없었다.

숙소에 돌아와서 엄마에게 오아시스가 사라져서 황당했다고 말했다. 그러자 엄마는 그건 오아시스가 아니라 사막에서 종종 나타나는 '신기루* 현상*'이라고 하셨다. 신기루 현상이란 물체*가 실제 위치가 아닌 다른 곳에 있는 것처럼 보이는 것이라고 알려 주셨다.

그런데 오아시스는 실제로 그곳에 없는데 어떻게 있는 것처럼 보이는 것인지 궁금했다. 그러자 엄마는 '빛의 굴절*' 때문이라고 하셨다. 우리가 볼 수 있는 것은 빛 때문인데, 이 빛은 곧게 나아가다가 다른 물질을 만나면 방향이 바뀌어 꺾인다. 이렇게 빛이 굴절하면 사람의 눈에는 물체가 실제보다 더 높이 보이거나 멀리 있는 것처럼 보인다. 그래서 사막에서 본 오아시스는 빛이 공기 중에서 나아가다가 땅을 만나 굴절되어 하늘의 모습이 모래 위에 나타난 것이라고 하셨다. 내가 모래 위에서 본 것이 하늘이었다니, 정말 신기했다.

우리 가족은 사막 주변의 작은 식당에서 저녁을 먹었다. 그때 유리 물컵에 든 빨대가 마치 꺾인 것처럼 보였다. 엄마는 이것도 빛의 굴절이라고 말씀하셨다. 빛이 기체인 공기 중에서 나아가다가 액체인 물을 만나 방향이 꺾인 것이다. 잊지 못할 사막 여행의 첫날이 그렇게 저물어 가고 있었다.

어휘사전

* **오아시스**(oasis) 사막 가운데에 샘물이 있어 식물이 자라는 곳.

* **신기루** 사막이나 바다 같은 데에서 실제로는 있지 않은 곳에 어떤 사물의 모습이 나타나 보이는 것.

* **현상**(現 나타날 현, 象 코끼리 상) 실제로 나타나 보이는 사물의 모양이나 상태.

* **물체**(物 물건 물, 體 몸 체) 보고 만질 수 있고 무게가 있는 물건.

* **굴절**(屈 굽을 굴, 折 꺾을 절) 빛이나 소리가 나아가다가 방향이 바뀌는 것.

▲ 신기루 현상

내용요약
글의 중심 내용을 생각하며 빈칸의 낱말을 써 보세요.

사막에서 모래 위에 오아시스가 있는 것처럼 보이는 현상을 신기루 현상이라고 한다. 신기루 현상이 나타나는 까닭은 빛의 ㄱ ㅈ 때문이다.

1 이 글의 내용과 일치하지 <u>않는</u> 것은 무엇인가요?　(　　　　　)

내용
이해

① 신기루 현상은 사막에서 종종 나타난다.

② 신기루 현상이 일어나는 까닭은 빛의 굴절 때문이다.

③ 신기루 현상은 사막에 물웅덩이가 고여 있는 현상이다.

④ 신기루 현상은 물체가 실제 위치가 아닌 다른 곳에 있는 것처럼 보이는 것이다.

⑤ 신기루 현상으로 하늘의 모습이 사막의 모래 위에 나타나 오아시스처럼 보이기
　도 한다.

2 '내'가 사막에서 신기루 현상을 경험하며 들었던 마음의 변화로 알맞은 것은 무엇인
가요?　(　　　　　)

추론
하기

	신기루 오아시스를 보았을 때		신기루 오아시스가 사라졌을 때
①	무서움.	→	황당함.
②	놀라움.	→	황당함.
③	신기함.	→	편안함.
④	놀라움.	→	무서움.
⑤	신기함.	→	어색함.

3 다음 중 이 글에 나온 신기루처럼 빛의 굴절과 관련 있는 예를 골라 번호를 쓰세요.

적용
하기

(1) 따뜻한 물이 든 컵에 물감을 떨어뜨리면, 차가운 물이 든 컵에 떨어뜨린 물감
　보다 더 빨리 퍼져 나간다.

(2) 호수에 있는 물고기는 실제보다 더 커 보인다. 그 이유는 공기 중의 빛이 액체
　인 호숫물을 만나 꺾이기 때문이다.

(　　　　　)

빛의 굴절

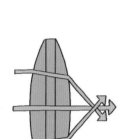

▲ 볼록 렌즈

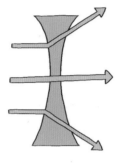

▲ 오목 렌즈

어휘사전
* **볼록 렌즈** 가운데가 볼록한 렌즈.
* **오목 렌즈** 가운데가 얇고 가장 자리로 갈수록 두꺼워지는 렌즈.
* **시력** 눈으로 볼 수 있는 능력.
* **근시**(近 가까울 근, 視 볼 시) 가까운 데 있는 것은 잘 보이나 먼 데의 것은 잘 보이지 않는 시력.

사람들은 무엇인가를 자세히 보고 싶을 때 돋보기를 사용한다. 그 까닭은 돋보기로 보면 물체가 실제보다 크게 보이기 때문이다. 돋보기는 어떻게 물체를 실제보다 더 크게 보이게 하는 것일까?

돋보기의 렌즈 부분을 만져 보면 가운데 부분이 양쪽 끝보다 두꺼운 것을 알 수 있다. 이렇게 렌즈의 가운데 부분이 양쪽 끝보다 두꺼운 것을 **볼록 렌즈***라고 한다. 빛은 렌즈를 통과할 때 렌즈의 두꺼운 쪽으로 꺾여 나가게 된다. 볼록 렌즈는 가운데 부분이 가장자리보다 두꺼워 빛이 렌즈의 가운데 쪽으로 꺾인다. 그래서 나란히 들어오는 빛을 가운데 쪽으로 굴절시켜 한 점으로 모으게 된다. 볼록 렌즈로 가까이 있는 물체를 보면 실제보다 크게 보인다. 따라서 볼록 렌즈는 작은 것을 크게 볼 때 주로 사용한다.

그런데 볼록 렌즈와 반대로 가운데 부분이 얇고, 가장자리가 두꺼운 렌즈도 있다. 이것을 **오목 렌즈***라고 한다. 오목 렌즈에 빛을 비추면 두꺼운 가장자리 쪽으로 빛이 꺾이고, 얇은 가운데 쪽에서 빛이 그대로 나아간다. 즉 오목 렌즈는 나란히 들어오는 빛을 바깥쪽으로 굴절시키며 퍼지게 하는 것이다. 그래서 오목 렌즈로 물체를 보면 실제보다 작고 똑바로 보이는 특징이 있다.

우리 생활에서 이와 같은 빛의 굴절을 이용한 다양한 물건들이 쓰이고 있다. 볼록 렌즈를 이용한 돋보기안경은 가까이 있는 것을 잘 보지 못하는 사람들이 **시력***을 바로잡기 위해 사용한다. 또한 멀리 있는 것을 보는 망원경과 눈으로 볼 수 없는 작은 것을 보는 현미경도 볼록 렌즈를 활용한 물건이다. 오목 렌즈를 이용한 대표적인 물건은 **근시***용 안경이다. 근시용 안경은 멀리 있는 것을 잘 볼 수 있도록 시력을 바로잡아 준다.

내용요약

글의 중심 내용을 생각하며 빈칸의 낱말을 써 보세요.

ㅂ ㄹ 렌즈는 가까이 있는 물체가 실제보다 크게 보이고 돋보기안경, 망원경, 현미경 등에 쓰인다. 반대로 ㅇ ㅁ 렌즈는 물체가 실제보다 작고 똑바로 보이고 근시용 안경에 쓰인다.

1 이 글의 내용으로 알맞은 것 두 가지를 찾아 ○표 하세요.

내용
이해

(1) 돋보기는 오목 렌즈를 사용한다. (　　　　)

(2) 오목 렌즈로 작은 물체를 크게 볼 수 있다. (　　　　)

(3) 빛은 볼록 렌즈를 통과하면 안쪽으로 모인다. (　　　　)

(4) 빛은 오목 렌즈를 통과하면 바깥쪽으로 꺾인다. (　　　　)

2 이 글을 읽고 관련 있는 것끼리 선으로 이으세요.

적용
하기

(1) 　형은 근시용 안경을 쓰고 날아
가는 새를 보았다.　·

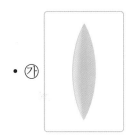

· ㉮

▲ 볼록 렌즈

(2) 　과학 시간에 현미경으로 미생
물을 확대해 보았다.　·

· ㉯

▲ 오목 렌즈

(3) 　산꼭대기에 올라서 망원경으
로 먼 곳의 풍경을 보았다.　·

3 이 글의 내용으로 보아, **보기**의 대화에서 알맞지 <u>않은</u> 것을 골라 기호를 쓰세요.

추론
하기

┤ 보기 ├

민지: 아빠, 학교 칠판에 써진 글씨가 잘 안 보여요.

아빠: 시력 검사를 하고 안경을 맞춰야겠구나.

민지: ㉠멀리 있는 게 안 보이니까 근시용 안경을 맞추면 되겠죠?

아빠: ㉡맞아. 근시는 멀리 있는 것이 선명하게 보이지 않으니까.

민지: ㉢학교에서 근시용 안경은 오목 렌즈라서 빛을 바깥으로 굴절시킨다고 했
어요. ㉣곧 새로 맞출 안경을 만져 보면 가운데 부분이 가장자리보다 두꺼운
것을 확인할 수 있겠네요!

(　　　　　　)

(주제 정리) **1** 생각주제와 관련된 앞의 두 글을 읽고 내용을 정리해 보세요.

빛의 ㄱ ㅈ 현상

빛이 곧게 나아가다가 다른 물질을 만나면 방향이
바뀌어 꺾이는 현상

신기루 현상

물체가 실제 위치가
아닌 다른 곳에 있는
것처럼 보임.
⑩ 사막의 오아시스

ㅂ ㄹ 렌즈

가운데 부분이 볼록
한 렌즈로, 나란히 들
어오는 빛을 가운데
쪽으로 굴절시켜 한
점으로 모이게 함.

ㅇ ㅁ 렌즈

가장자리가 볼록한
렌즈로, 나란히 들어
오는 빛을 바깥쪽으
로 굴절시키며 퍼지
게 함.

2 다음에서 공통으로 설명하고 있는 것으로 알맞은 것에 ○표 하세요.

 현미경을 통해 나뭇잎을 확대하여 자세히 관찰할 수 있었어.

 사막에서는 모래 위에 마치 물웅덩이가 있는 것처럼 보이는 신기루 현상이 종종 나타나.

(1) 빛을 섞으면 다양한 색을 만들
수 있다.

(2) 빛은 다른 물질을 만나면 꺾이는
굴절 현상이 나타난다.

3 우리 주변에서 볼 수 있는 굴절 현상의 예나 관련된 경험을 써 보세요.

우리 주변에서 볼 수 있는 굴절 현상에는 ✎

| 주제 어휘 | 신기루 | 현상 | 굴절 | 볼록 렌즈 | 오목 렌즈 | 근시 |

4 다음 주제 어휘의 뜻으로 알맞은 것을 찾아 선으로 이으세요.

(1) 굴절 •

(2) 볼록 렌즈 •

(3) 오목 렌즈 •

(4) 근시 •

• ㉠ 가운데가 볼록한 렌즈.

• ㉡ 빛이나 소리가 나아가다가 방향이 바뀌는 것.

• ㉢ 가운데가 얇고 가장자리로 갈수록 두꺼워지는 렌즈.

• ㉣ 가까운 데 있는 것은 잘 보이나 먼 데의 것은 잘 보이지 않는 시력.

5 다음 빈칸에 공통으로 들어갈 낱말을 주제 어휘에서 찾아 쓰세요.

(1)
• 이루지 못할 꿈은 [   ]와도 같다.
• 사막에서는 [   ]에 속지 않도록 조심해야 한다.

→ | | | |

(2)
• 주말에는 고속도로 정체 [   ]이 나타난다.
• 메아리는 소리가 앞산에 부딪혀 생기는 [   ]이다.

→ | | |

6 다음 밑줄 친 말과 뜻이 비슷한 낱말을 주제 어휘에서 찾아 쓰세요.

나는 아침마다 이불 속에서 생각한다. 왜 잠이라는 녀석은 일찍 자야 하는 밤에는 다 달아나는 것일까? 그리고 일찍 일어나야 하는 아침에는 쏟아지는 것일까? 나만 그런 것일까? 미국의 어린이들도, 일본의 어린이들도 그럴까? 자야 할 때는 눈이 말똥말똥해지고 일어나야 할 때는 눈꺼풀이 천근만근이 되는 이 <u>사실</u>에 관해 연구한 사람이 분명히 있을 것이다. 만약 없다면 내가 해야겠다.

(   )

수도꼭지 잠가!

"수도꼭지 잠그라니까! 부족한 물 좀 아껴 써!"

아빠의 잔소리에 나는 마지못해 수도꼭지를 잠갔다. 서둘러 양치를 마치고 바로 학교로 향했다.

1교시는 내가 좋아하는 과학 시간이었다. 선생님께서 물의 **순환**[*]에 대해 알려 주셨다. 육지나 바다에 있던 물이 수증기가 되어 하늘로 올라가 구름이 되고, 구름에서 비나 눈으로 내려 다시 돌아온다. 이렇게 물은 상태만 변할 뿐 끊임없이 돌기 때문에 지구 전체 물의 양은 늘 **일정**[*]하단다.

"선생님 그런데 물이 왜 자꾸 부족하다는 거예요?"

지구 전체 물의 양은 늘 일정한데, 왜 아빠는 부족하다고 난리실까?

"민준이가 좋은 질문을 했어요. 물의 양으로 본다면 **원시 시대**[*]나 지금이나 거의 차이가 없어요. 그런데 물 부족은 왜 생길까요? **인구**[*]가 갑자기 늘어나서 물 사용량이 늘었기 때문이에요. 또 무리한 **개발**[*]로 환경이 파괴되어 지구가 사막처럼 변했기 때문이지요."

선생님은 세계 인구 약 80억 명 중에서 약 20억 명이 **식수**[*]를 구하는 데 어려움을 겪고 있다고 하셨다. 그 예로 남아프리카 공화국의 수도 케이프타운은 심한 가뭄으로 늘 물 부족을 겪고 있다고 알려 주셨다.

나는 케이프타운에 사는 사람들이 안타까웠다.

"물 부족을 해결하려면 생활 속 실천이 무엇보다 중요해요. 우리 모두 물을 아껴 쓰기로 약속해요."

선생님의 말씀처럼, 나는 ㉠일상생활에서 물을 아껴 쓰기로 다짐했다. 그날 저녁, 나는 수도꼭지를 잠그고 양치 컵을 사용하기 시작했다. 나, 김민준은 물 아껴 쓰기 대장이 될 거다.

어휘사전

* **순환** 되풀이하여 도는 것.

* **일정**(一 하나 일, 定 정할 정) 한 가지로 정해져 있는 것.

* **원시 시대** 인류의 문명이 아직 발달하지 않은 시대.

* **인구**(人 사람 인, 口 입 구) 일정한 지역에 사는 사람의 수.

* **개발** 자연에 인공적인 힘을 가하여 인간에게 유용하게 만드는 것.

* **식수** 마실 물.

내용요약

글의 중심 내용을 생각하며 빈칸의 낱말을 써 보세요.

과학 시간에 민준이는 ☐☐ 부족에 대해 배우면서 물의 소중함을 알게 되었다. 그래서 이를 닦을 때 수도꼭지를 잠그고 양치 컵을 사용하기 시작했다.

1

중심
내용

이 글은 무엇에 대해 말하려고 쓴 글인지 알맞은 것을 골라 쓰세요.

| 수도꼭지 | 물의 순환 | 물의 부족 | 물의 쓰임 |

( )

2

내용
이해

이 글의 내용으로 알맞지 <u>않은</u> 것은 무엇인가요? ( )

① 민준이는 과학 시간을 좋아한다.

② 지구의 물은 계속 상태가 변하면서 순환한다.

③ 지구 전체 물의 양은 옛날이나 지금이나 거의 같다.

④ 민준이는 평소에 이를 닦을 때 양치 컵을 사용했다.

⑤ 남아공의 수도 케이프타운은 물 부족 문제를 겪고 있다.

3

적용
하기

다음 중 ㉠을 실천할 방법으로 알맞은 것을 두 가지 골라 기호를 쓰세요.

㉮ 세수할 때는 물을 받아서 씻기.
㉯ 설거지할 때 물을 틀어 놓고 하기.
㉰ 샤워를 빨리 끝내 샤워 시간 줄이기.

( )

4

감상
하기

이 글을 읽은 후의 반응으로 가장 적절한 것은 무엇인가요? ( )

① 부모님께서 잔소리를 줄이시면 좋겠어.

② 나도 양치할 때 양치 컵을 꼭 사용해야겠어.

③ 물 부족과 양치질이 무슨 상관이 있는지 모르겠어.

④ 과학 시간은 재미있고 유익하니 늘 관심을 가져야 해.

⑤ 케이프타운 사람들이 남아도는 물을 한국에 보내 주면 좋겠어.

사막처럼 변한 지구

1 우리가 사는 지구의 땅이 **사막***처럼 변하고 있다. 지구의 땅이 사막처럼 바뀌면 지구에 물이 부족해지고, 곡식과 채소를 기를 수 없어서 식량이 부족해진다. 또 풀과 나무가 자라지 못해 물이 오염되고 홍수가 자주 일어난다. 이렇게 지구의 땅이 사막처럼 변하는 까닭은 무엇일까?

2 첫째, 전 세계의 인구가 많아졌기 때문이다. 인구가 많아지면서 사람들이 모여 살 곳이 필요해졌다. 그래서 지구의 이곳저곳을 파헤치며 도시를 만들었다. 도시가 늘어나면서 식물이 자랄 수 있는 땅이 줄어들었고, 개발에 사용되는 화학 물질은 땅을 병들게 하였다.

3 둘째, 지나친 **방목***과 **벌목*** 때문이다. 한곳에 너무 많은 가축을 방목하면, 가축들이 새로 돋아날 틈도 없이 풀을 먹어 버린다. 그러면 그 지역은 식물이 자라지 못하게 된다. 또 개발을 위해 너무 많은 나무를 베어 내는 벌목으로 많은 숲이 사라졌다.

4 셋째, 농약과 비료의 사용으로 인해 땅이 오염되었기 때문이다. 농약과 비료를 많이 사용하면 땅이 오염된다. 오염된 땅에는 영양분이 없어서 식물이 자라지 못하고 결국 사막으로 쉽게 변한다.

5 마지막으로 지구의 날씨와 기온이 변하는 기후 변화 때문이다. 지구 **온난화***현상이 일어나서 어떤 지역은 더 더워지고 강수량이 줄어든다. 그러면 땅이 거칠어져 사막이 되는 것이다.

6 지구의 땅이 사막처럼 변하는 것을 막으려면 지나친 개발을 멈춰야 한다. 또 나무를 많이 심는 것도 중요하다. 그리고 지구 온난화의 원인인 이산화 탄소를 줄여야 한다. 이를 위해 승용차 대신 대중교통을 이용하고, 사용하지 않는 가전제품의 **플러그***를 뽑아 에너지를 절약해야 한다. 일회용품 사용 줄이기와 재활용도 좋은 방법이다.

어휘사전

* **사막** 아주 메말라서 식물이 거의 자라지 않으며, 모래와 돌로 뒤덮인 매우 넓은 땅.

* **방목** 양·염소·소·말 등을 산이나 들에 풀어 놓고 기르는 일.

* **벌목**(伐 칠 벌, 木 나무 목) 숲의 큰 나무를 잘라 내는 것.

* **온난화** 지구의 기온이 점점 높아지는 현상.

* **플러그**(plug) 전기가 통하는 곳에 꽂고 뺄 수 있게 전선의 끝에 달린 장치.

내용요약

글의 중심 내용을 생각하며 빈칸의 낱말을 써 보세요.

지구에 사는 사람과 도시가 늘면서, 지구의 땅을 무리하게 개발하여 환경이 파괴되었다. 그래서 지구가 | ㅅ | ㅁ | 처럼 건조해지고 물이 부족해졌다.

1 이 글에서 알 수 있는 내용을 두 가지 찾아 ○표 하세요.

내용
이해

(1) 지구의 사막에서 사는 동물 (   )

(2) 지구의 땅이 사막처럼 변한 까닭 (   )

(3) 지구의 땅이 사막으로 바뀌면 좋은 점 (   )

(4) 지구의 땅이 사막으로 바뀌는 것을 막을 방법 (   )

2 이 글에서 다음 **보기**의 설명과 관련이 있는 문단은 어디인가요? (   )

추론
하기

┤ **보기** ├

　중국 땅의 27퍼센트가 사막처럼 변했다. 중국의 땅이 사막처럼 변한 가장 큰
원인은 많은 가축을 풀어 놓고 길렀기 때문이다. 가축들이 풀이 자라날 새도 없
이 마구 먹어서 풀이 씨가 마르고 있다. 중국 땅이 사막처럼 변하면서 황사가 심
해져 이웃해 있는 우리나라의 피해도 커지고 있다.

① **1**문단　　　　② **2**문단　　　　③ **3**문단
④ **4**문단　　　　⑤ **5**문단

3 다음 중 지구 사막화를 막을 방법으로 알맞은 것을 찾아 기호를 쓰세요.

내용
이해

┌───┐
│ ㉠ 일회용품을 자주 사용하기
│ ㉡ 대중교통 대신 승용차 이용하기
│ ㉢ 지나친 개발을 멈추고 나무를 많이 심기
│ ㉣ 사용하지 않는 가전제품 플러그는 그대로 두기
└───┘

(   )

주제
정리
1 생각주제와 관련된 앞의 두 글을 읽고 내용을 정리해 보세요.

> ### 물 부족 문제
>
> 세계 인구 약 80억 명 중에서 약 20억 명이 식수를 구하는 데 어려움을 겪고 있음.

물이 부족한 이유	물 부족을 해결할 방법
• 세계의 [ㅇ][ㄱ]가 갑자기 늘어나서 물 사용량이 늘었기 때문임. • 무리한 개발로 환경이 파괴되어 지구의 땅이 사막처럼 변했기 때문임.	• 지나친 개발을 멈추고 [ㄴ][ㅁ]를 많이 심어야 함. • 지구 온난화의 원인인 [ㅇ][ㅅ][ㅎ][ㅌ][ㅅ]를 줄여야 함.

2 다음 두 상황을 통해 알 수 있는 것에 ○표 하세요.

 나무를 함부로 베면 숲이 파괴된다.

 무리하게 가축을 키우면 식물이 자라지 못한다.

(1) 지구의 땅이 사막처럼 변하는 원인에 대해 알 수 있다.

(2) 지구에 인구가 너무 많이 늘어나는 원인에 대해 알 수 있다.

3 지구에 물이 부족한 까닭과 물 부족 해결을 위해 무엇을 하고 싶은지 써 보세요.

지구에 물이 부족한 까닭은 ✎ _____

_____

_____

| 주제
어휘 | 순환 | 인구 | 개발 | 사막 | 벌목 | 온난화 |

4 다음 뜻에 알맞은 **주제 어휘**에 ○표 하세요.

(1) 되풀이하여 도는 것. | 교환 | 순환 |

(2) 일정한 지역에 사는 사람의 수. | 인구 | 주민 |

(3) 지구의 기온이 점점 높아지는 현상. | 온난화 | 사막화 |

(4) 자연에 인공적인 힘을 가하여 인간에게 유용하게 만드는 것.

| 개발 | 발전 |

5 다음 빈칸에 공통으로 들어갈 낱말을 **주제 어휘**에서 찾아 쓰세요.

(1)
- _____에서 오아시스를 발견했다.
- 어린 왕자는 _____에서 사막 여우를 만났다.

→

(2)
- 산에 있던 나무들을 모조리 _____하였다.
- 소나무를 _____한 자리에는 소나무 밑동만 남았다.

→ □□

6 다음 문장의 밑줄 친 말과 뜻이 비슷한 낱말에 ○표 하세요.

(1) 계절은 <u>되풀이하여 도는 과정</u>을 거쳐 다시 여름이 되었다.

→ | 순환 | 회전 |

(2) 지구의 <u>기온이 올라가는 현상</u> 때문에 북극곰은 살 곳을 잃었다.

→ | 온난화 | 냉각화 |

빠져나간 내 정보

한별이는 하굣길에 쪼그리고 앉아 팽이를 돌리고 있는 강준이를 만났다.

"강준아, 그거 어디서 났어?"

"오늘 등굣길에 학교 앞에서 받았어. 학습지 파는 분이 나눠 주셨어."

강준이는 내일도 학교 앞에서 팽이를 나눠 줄 거라고 말했다.

다음 날 아침, 한별이는 평소보다 30분이나 일찍 눈을 떴다. 팽이 생각에 학교로 향하는 발걸음이 빨라졌다. 교문 앞에 이르자 강준이가 말한 사람이 보였다. 그 사람 손에서 팽이가 반짝 빛나고 있었다.

"종이에 이름, 학년, 반, 부모님 전화번호만 적으면 이걸 선물로 준단다."

한별이는 불빛까지 들어오는 팽이가 공짜로 생겨서 기분이 아주 좋았다. 시간 가는 줄 모르고 팽이를 돌리며 신나게 놀았다.

며칠 후, 회사에서 집으로 돌아온 엄마가 다급하게 한별이를 찾았다.

"이한별, 엄마 전화번호 누구한테 알려 준 적 있니? 엄마한테 자꾸 광고 전화가 오고 있어. 어떻게 네가 몇 학년 몇 반인지까지 아는 거니?"

"며칠 전에 학교 앞에서 학습지 회사 사람에게 알려 줬어요. 공짜로 팽이를 준다고 해서……."

"아이고, 그래서 ㉠**개인* 정보***가 여기저기 **유출***됐구나."

"개인 정보? 그게 뭐예요?"

"개인 정보는 그 사람에 대한 소중한 정보야. 남에게 알려 주면 안 돼."

한별이는 자신의 실수로 자신과 엄마의 개인 정보가 퍼진 것을 알게 되었다. 그래서 학습지뿐만 아니라 은행과 보험사에서도 **가입*** 안내 전화가 하루에도 몇 통씩 엄마의 휴대 전화로 걸려 온 거였다. 엄마는 모르는 사람에게 함부로 번호를 알려 주지 말고, 모르는 번호로 오는 전화는 받지 말라고 당부하였다. 한별이는 앞으로 개인 정보를 소중히 여겨야겠다고 다짐했다.

어휘사전

* **개인** 국가나 사회 등 단체를 구성하고 있는 낱낱의 사람.

* **정보** 어떤 일에 관한 지식이나 자료.

* **유출**(流 흐를 유, 出 날 출) 비밀이 새어 나와 알려지게 되는 것.

* **가입**(加 더할 가, 入 들 입) 모임이나 단체에 들어가는 것.

내용요약

글의 중심 내용을 생각하며 빈칸의 낱말을 써 보세요.

한별이는 자신과 엄마의 | ㄱ | ㅇ | ㅈ | ㅂ |를 학습지 회사 사람에게 알려 주었고, 정보가 유출되어 엄마의 휴대 전화로 수많은 광고 전화가 걸려 오게 된다.

1

중심
내용

이 글에서 가장 중심이 되는 장면을 골라 번호를 쓰세요.

(1) 한별이가 강준이의 팽이를 부러운 듯이 보는 장면
(2) 한별이가 학습지 회사 사람에게 개인 정보를 알려 주는 장면

(   )

2

내용
이해

한별이가 개인 정보를 학습지 회사 사람에게 알려 주어서 일어난 일은 무엇인가요? (   )

① 강준이가 팽이를 하나 더 받았다.
② 한별이가 강준이에게 팽이를 선물로 받았다.
③ 한별이와 한별이 엄마의 개인 정보가 빠져나갔다.
④ 강준이와 강준이 엄마의 개인 정보는 빠져나가지 않았다.
⑤ 한별이가 다른 친구에게 팽이를 받을 수 있다고 알려 주었다.

3

추론
하기

다음 중 개인 정보로 알맞은 것 두 가지를 골라 번호를 쓰세요.

(1) 내 주민 등록 번호   (2) 편지에 적힌 우리 집 주소
(3) 우리나라의 올림픽 메달 순위   (4) 내가 다니는 학교가 지어진 연도

(   )

4

적용
하기

㉠과 비슷한 상황으로 알맞은 것을 골라 번호를 쓰세요.

(1) 학교 담임 선생님께서 부모님 성함과 전화번호를 물어보셔서 알려 드렸다.
(2) 모르는 번호로 온 전화를 받아 내 이메일 주소를 알려 주었더니, 수많은 광고 이메일이 왔다.
(3) 친구들에게 내 생일 날짜와 집 주소가 적힌 초대장을 보냈더니, 친구들이 생일날 우리 집을 방문하였다.

(   )

개인 정보를 지키는 방법

우리는 인터넷 **사이트**[*]에 가입할 때 이름, **생년월일**[*] 등을 적는다. 왜 회사들은 이런 정보를 모으는 것일까? 그 까닭은 이름, 생년월일 같은 정보가 있으면 그 사람이 누구인지 알 수 있기 때문이다. 이를 '개인 정보'라고 하는데, 살아 있는 한 사람에 관한 **고유한**[*] 정보를 뜻한다. 더 넓게 보면 키와 몸무게, 주소, 가족 관계, 학교, 전화번호 등도 개인 정보에 속한다.

오늘날 개인 정보는 여러 곳에서 두루 쓰이고 있다. 그에 따라 개인 정보가 빠져나가는 일도 생기고 있다. 인터넷에 가입할 때 쓴 내 정보를 누군가 몰래 쓸 수 있다. 또 택배 상자에 적힌 주소는 지나가는 사람이면 누구나 볼 수 있다. 그리고 SNS에 무심코 올린 사진을 통해 얼굴, 이름, 학교 등이 알려질 수도 있다. 빠져나간 개인 정보가 **범죄**[*]에 이용되면 안전과 재산에 큰 피해를 줄 수 있다.

그러면 소중한 개인 정보를 지키려면 어떻게 해야 할까? 먼저, 잘 모르는 사람에게 개인 정보를 함부로 알려 주면 안 된다. 위급한 상황이 아니라면 친척이나 친구에게도 개인 정보를 알려 주는 것은 조심해야 한다. 또 인터넷에서 사용하는 **아이디**[*]와 비밀번호를 안전하게 지켜야 한다. 비밀번호는 다른 사람이 알기 어려운 것으로 만들고, 자주 바꾸는 것이 좋다.

우편물이나 택배 상자를 버릴 때는 개인 정보가 적힌 종이를 찢어서 쓰레기통에 따로 버린다. 또한 인터넷에 사진이나 글을 올릴 때도 조심하는 것이 좋다. 일상생활에서 개인 정보를 지키는 습관을 기르면, 나뿐만 아니라 다른 사람의 소중한 개인 정보도 지킬 수 있다.

어휘사전

* **사이트**(site) 컴퓨터에서 인터넷을 통하여 정보를 찾아볼 수 있는 곳.
* **생년월일** 태어난 해와 달과 날.
* **고유하다** 본래부터 지니고 있다.
* **범죄** 죄를 저지르는 것. 또는 지은 죄.
* **아이디**(ID) 이용자의 구분을 위해 사용하는 고유한 이름이나 기호.

내용요약

글의 중심 내용을 생각하며 빈칸의 낱말을 써 보세요.

개인 정보는 그 ㅅ ㄹ 이 누구인지 알 수 있는 고유한 정보이다. 개인 정보가 유출되면 나쁜 일에 쓰일 수 있으므로 평소에 조심할 필요가 있다.

1
중심
내용

이 글에서 가장 핵심이 되는 말을 골라 쓰세요.

| 이름 | 개인 정보 | 인터넷 사이트 | 비밀번호 |

(   )

2
내용
이해

이 글에서 알 수 <u>없는</u> 내용은 무엇인가요? (   )

① 개인 정보의 뜻
② 개인 정보의 예
③ 개인 정보 유출의 예
④ 개인 정보 보호법의 내용
⑤ 개인 정보를 지키는 방법

3
적용
하기

다음 **보기**에서 개인 정보에 해당하는 것을 두 가지 골라 기호를 쓰세요.

┤ **보기** ├

　㉠주민 등록 번호는 대한민국에서 태어난 사람이 출생 신고를 하는 순간 생기는 번호이다. 그리고 17세가 되면 주민 등록 번호가 적힌 주민 등록증을 국가에서 발급해 준다. 주민 등록증에는 사진, ㉡이름, 주민 등록 번호, 주소, ㉢발급한 지역의 군수, 시장, 구청장이 나와 있다.

(   )

4
비판
하기

이 글의 내용을 바르게 이해하고 자신의 생각을 잘 말한 친구를 찾아 ○표 하세요.

(1)

개인 정보를 지키는 일은 국가가 해야 할 일이야.

(   )

(2)

개인 정보를 지키려면 일상생활에서 주의를 기울여야 해.

(   )

(3)

인터넷은 개인 공간이므로 가족사진을 마음껏 올려도 괜찮아.

(   )

주제
정리
1 생각주제와 관련된 앞의 두 글을 읽고 내용을 정리해 보세요.

```
┌─────────────┐
│  ㄱ  ㅇ  정보  │
└─────────────┘
```

개인 정보의 의미	개인 정보의 종류	개인 정보 유출 원인
┌──────────┐ 그 ㅅ ㄹ 이 누구인지 알 수 있는, 살아 있는 한 사람에 관한 고유한 정보	• 이름, 생년월일, 주민 등록 번호 • 더 넓게는 키, 몸무게, 주소, 가족 관계, 학교, 전화번호 등의 정보	• 인터넷 사이트에 가입할 때 쓴 개인 정보가 빠져나가서 • 개인 정보가 적힌 우편물을 그냥 버려서 • SNS에 개인 정보가 담긴 사진을 올려서

2 개인 정보를 지키는 방법으로 알맞은 것 두 가지를 찾아 ○표 하세요.

(1) 다른 사람과 개인 정보를 공유해도 된다.

(2) 인터넷 비밀번호는 자주 바꾸지 않는 편이 좋다.

(3) 인터넷에 글을 올릴 때는 개인 정보는 지우고 올린다.

(4) 개인 정보가 담겨 있는 사진은 인터넷에 올리지 않는다.

3 개인 정보를 왜 지켜야 하는지 그 까닭을 써 보세요.

개인 정보를 지켜야 하는 까닭은 ✎ _____

_____

_____

4 다음 주제 어휘의 뜻으로 알맞은 것을 찾아 선으로 이으세요.

(1) 개인 •

(2) 정보 •

(3) 고유하다 •

(4) 범죄 •

• ㉠ 본래부터 지니고 있다.

• ㉡ 어떤 일에 관한 지식이나 자료.

• ㉢ 죄를 저지르는 것. 또는 지은 죄.

• ㉣ 국가나 사회 등 단체를 구성하고 있는 낱낱의 사람.

5 다음 빈칸에 들어갈 알맞은 낱말을 주제 어휘에서 찾아 쓰세요.

(1) 주민 등록 번호는 (   )마다 다르다.

(2) 인터넷에서는 많은 (   )를 빨리 찾을 수 있다.

(3) 학교에서 가장 인기 있는 춤 동아리에 (   )했다.

(4) 개인 전화번호가 (   )되면 범죄에 이용될 수 있다.

6 다음 문장의 밑줄 친 말과 바꿔 쓸 수 있는 낱말에 ○표 하세요.

(1) 장발장은 빵을 훔치는 <u>잘못</u>을 저질렀다. → 범인 | 범죄

(2) 숙제를 하기 위해 인터넷에서 <u>자료</u>를 검색해서 찾았다. → 정보 | 통보

사진 출처

- 국립중앙박물관 www.museum.go.kr
- 문화재청 www.cha.go.kr
- 한국방송광고진흥공사 www.kobaco.co.kr
- 셔터스톡 www.shutterstock.com/ko
- 연합뉴스 www.yna.co.kr

달곰한 문해력 기획진 소개

진짜 문해력을
키우는 독해 학습이 필요합니다.

문해력은 책을 읽고 문제를 푸는 기술이 아닙니다.
진짜 문해력은 글을 읽고 이해하는 것을 넘어
세상을 읽고 이해하는, '생각하고 표현하는 힘'입니다.
〈달곰한 문해력 독해〉는 문해력을
키우는 독해 학습이 가능합니다.
하나의 주제로 연결된 2개의 글을 읽으면 세상을 읽고
이해하는 지식과 관점의 변화가 나타날 것입니다.
〈달곰한 문해력 독해〉로 아이들에게 좋은 글을
달달 읽을 '기회'와 곰곰 생각하고 표현하는
'경험'을 선물해 주세요.

서울교육대학교 국어교육과 교수
초등 국어 교과서 기획위원
방은수

독서교육을 지도한 교사로서
최신 문학과 다양한 비문학을 교과와
연계하여 수록했습니다.

인제남초등학교 교사
독서교육 전문가
Yes24 한 학기 한 권 읽기 선정위원
최고봉

생각주제와 연결된 2개의 글을
읽으면 생각이 쌓이고 학습 효과가
두 배 이상입니다.

경희사이버대학교 한국어문화학부 교수
경인교육대학교 유아교육과 강사
전국교사교육마술연구회 스텝매직 대표
(전) 초등학교 교사
김택수

문해력을 완성하기 위해서는
자기 생각을 표현하는 단계까지
학습이 이어져야 합니다.

광명서초등학교 교사
참쌤스쿨 대표
경기실천교육 교사모임 회장
(전) 경기도교육청 장학사
김차명

아이들의 생각이 확장되도록
흥미를 가질 만한 생각주제로 구성하여
몰입할 수 있습니다.

서울시교육청 자문관
(독서토론 분야)
(전) 중학교 국어 교사
정미선

달달 읽고 곰곰 생각하는

주제 연결 ✕ 독해 학습

달달 읽고 곰곰 생각하는

달콩한 문해력

초등 독해

3~4학년 추천

3단계 **A**

정답 및 해설

달 달 읽고 **곰곰** 생각하는

달곰한 문해력

초등 독해

생각주제 01
진정한 배려는 무엇일까?

 생각글 1 꼴찌 없는 운동회

10~11쪽

또래보다 성장이 늦은 기국이는 운동회에서 달리기를 하게 됩니다. 짧은 기국이의 발로 친구들을 따라잡기엔 역부족이었습니다. 그런데 앞서 달리던 재홍, 승찬, 세찬, 윤섭이가 제자리에서 뛰며 기국이를 기다리고, 결국 다섯 아이는 결승선에 다 함께 골인하게 됩니다. 친구들이 기국이를 기다린 이유는 남들보다 달리기가 느린 기국이를 도와주기 위해서였습니다.

---

1 ④   2 ②   3 (2)

---

1 재홍, 승찬, 세찬, 윤섭이는 누구도 먼저 앞서 달리지 않고, 기국이와 같이 결승선에 들어왔습니다.

　오답풀이
① 앞부분에 짧은 기국이의 발로 100미터를 뛰는 건 남들이 400미터를 뛰는 것과 같다는 내용을 통해 알 수 있습니다.
② 마지막 부분에 동시에 결승선이 다섯 아이의 가슴에 닿았다는 내용이 나와 있습니다.
③ 앞부분에 기국이가 살을 뺐지만, 숨이 턱까지 찼다는 내용이 나와 있습니다.
⑤ 뒷부분에 운동회 준비 위원장 철민이 형네 아빠는 아이들이 다 같이 달리는 모습을 애써 외면했는데, 부끄러움을 느꼈기 때문이라는 내용이 나옵니다.

2 기국이는 먼저 골인하지 않고 자신을 기다려 준 친구들의 배려에 고마움을 느꼈을 것입니다.

3 『꼴찌 없는 운동회』에는 친구를 배려하는 마음이 잘 나타나 있습니다. **보기**의 이야기에는 앞을 못 보는 사람이 다른 사람을 위해 등불을 들고 다니는 배려의 마음이 나타나 있습니다. 따라서 두 이야기가 공통으로 주는 교훈은 '다른 사람을 배려하는 마음이 필요하다.'입니다.

작품읽기

꼴찌 없는 운동회
글 고정욱
내인생의책

책 소개
　저신장 장애를 가진 기국이는 운동회가 다가오면 우울해집니다. 또래보다 키가 작아 달리기가 느린 모습을 사람들에게 보여 줘야 하기 때문입니다. 기국이의 단짝 친구들은 운동회에서 기국이가 상처받지 않도록 미리 계획을 세웁니다. 결국 아이들은 다 같이 결승선에 골인하게 됩니다.

 생각글 2 남을 생각하는 배려

12~13쪽

배려란 다른 사람의 상황을 온전히 이해하고 도우려는 마음과 그로 인해 나오는 행동을 말합니다. 다양한 사람과 함께 살아가기 위해서는 배려하는 마음을 꼭 가져야 합니다. 일상생활에서 주위 사람들에게 배려를 반복해서 하다 보면 자연스럽게 습관이 됩니다.

내용요약 배려
1 ②   2 (3) ○ (4) ○   3 ④   4 이서

---

1 이 글은 우리 삶에서 배려가 중요한 이유와 진정한 배려가 무엇인지 설명하고 있습니다.

2 (3) 2문단에 배려는 상대방을 위한 것이면서도 나를 위한 것이라는 내용이 나와 있습니다.
(4) 4문단에 반복해서 배려를 하다 보면 그것이 습관이 된다는 내용이 나와 있습니다.

3 '역지사지'는 '다른 사람의 처지를 생각해 보고 배려한다.'는 뜻이 담긴 사자성어입니다. 이와 관련 있는 것은 ④입니다. 임신부의 처지를 고려하여 몸이 무거울 것을 생각한 뒤, 자리를 양보하는 행동을 했기 때문입니다.

　오답풀이
① '크게 될 사람은 늦게 이루어진다.'는 뜻을 담은 '대기만성'에 해당하는 예입니다.
② '처음에는 왕성하지만, 끝은 부진하다.'는 뜻을 담은 '용두사미'에 해당하는 예입니다.
③ '많으면 많을수록 좋다.'는 뜻을 담은 '다다익선'에 해당하는 예입니다.
⑤ '지난날의 잘못을 고치고 바르게 산다.'는 뜻을 담은 '개과천선'에 해당하는 예입니다.

4 이 글에서는 좋은 마음에서 한 행동이라도 상대방이 불쾌해하면 배려가 될 수 없다고 말하고 있습니다. 이서의 어리광은 선생님에게 잘 보이고 싶어서 한 행동이지만, 선생님은 버릇이 없는 태도로 느낄 수 있습니다. 이렇게 상대방이 불쾌함을 느낄 수 있다면 진정한 배려라고 볼 수 없습니다.

1

배려

다른 사람의 상황을
이해하고 도와주려는
마음과 행동

예1 꼴찌 없는 운동회	예2 남을 생각하는 배려	예3
다섯 아이들은 천천히 기국이의 발걸음에 맞춰서 걸음을 걸었습니다. 동시에 결승선이 다섯 아이의 가슴에 닿았습니다.	'만약 내가 저 사람이라면 어떨까. 이런 배려보다는 저런 배려가 더 필요할 거야.' 라고 상대방의 입장을 생각하는 게 좋다.	

(예시답안) 눈이 많이 오던 날, 우리 가족은 집 앞에 쌓인 눈을 치워서 지나가는 사람들이 미끄러져 넘어지지 않게 배려했다.

2 (1) ◯ (3) ◯

3 **(예시답안)** 내가 힘들 때도 도움을 받을 수 있다. 내가 다리를 다쳤을 때, 친구들이 등교하는 걸 도와주고 책가방을 대신 들어 줬던 적이 있었다. 그때 너무 고맙고 도움이 돼서 나도 다른 친구들을 더 배려하며 행동하게 되었다.

(채점 Tip)
1) 배려가 무엇인지 알고 답을 썼는지 확인해 보아요.
2) 누군가로부터 배려받아서 감사함을 느낀 경험이나 혹은 내가 다른 사람을 배려한 경험을 써 보아요. 그 경험을 통해 배려의 소중함을 깨달았다는 내용을 쓰면 더 좋아요.
3) 사소한 경험이라도 잘 떠올려 보아요.

4 (1) 사태 (2) 배려 (3) 상황 (4) 이해

5 (1) 상황 (2) 배려

6 베풀다
무엇인가를 함께한다는 뜻인 '나누다'는 '남에게 무엇인가를 도와주어서 누리게 하다.'를 뜻하는 '베풀다'와 뜻이 비슷합니다.

생각글
1
지역 이기주의 님비 현상
16~17쪽

'나'는 친구들과 하교를 하던 중에 시위 현장과 마주칩니다. 친구 민석이는 그 시위가 장례식장 반대 시위라며, 상가 옆쪽에 장례식장이 들어오는 것에 반대하는 어른들이 시위하는 중이라고 설명해 주었습니다. '나'는 그러한 시위 현장 속에서 큰 소리로 외치는 엄마를 발견하고는 부끄러움을 느낍니다.

1 (2)	2 ⑤	3 (2)	4 도희

1 '나'는 자신의 엄마가 장례식장 반대 시위 현장 속에서 가슴에 붉은 띠를 두르고 있는 모습을 발견하고, 부끄러움을 느낍니다. 이 글은 지역 이기주의와 님비 현상의 문제점을 드러내고 있으므로 이 장면이 가장 중심이 되는 장면이라고 할 수 있습니다.

(오답풀이)
(1) '나', 동원이, 민석이가 횡단보도를 건너서 집에 가는 장면은 지역 이기주의와 님비 현상의 문제점을 지적하는 이 글의 주제로 보아 중심이 되는 장면이라고 하기 어렵습니다.

2 '나'는 장례식장 반대 시위에 참여하고 있는 자신의 엄마를 발견합니다. 따라서 '나'와 우리 가족은 장례식장이 들어오는 것에 찬성한다는 설명은 이 글의 내용으로 알맞지 않습니다.

3 ㉠을 통해 어른들이 상가 옆쪽에 장례식장이 들어오는 것을 막으려 한다는 내용을 알 수 있습니다. 따라서 동네 주민들은 장례식장이 들어오면 생길지도 모르는 문제에 대해 두려워하고 있다고 평가할 수 있습니다.

4 이 글은 장례식장 반대 시위에 나타난 님비 현상을 보여 주고 있습니다. 즉 님비 현상은 자신이 사는 지역에 쓰레기 처리장이나 장례식장 같은 시설이 들어오는 것을 반대하는 사람들의 행동을 말한다는 것을 알 수 있습니다.

생각글 2

님비 현상 때문이야

18~19쪽

님비 현상이란 사회 전체에는 이롭지만, 자신이 사는 지역에는 이롭지 않은 일을 반대하는 행동을 의미합니다. 이러한 님비 현상이 생기는 까닭은 주민들의 이기심과 소통 부족 때문이며, 님비 현상은 결국 필요한 시설이 갖춰지지 못해 우리 모두에게 피해가 돌아온다는 문제로 이어집니다.

내용요약 님비 현상

1 ③   **2** (2)   **3** (1), (3)

1 이 글은 님비 현상에 대해서만 설명하고 있습니다. 님비 현상의 반대되는 말인 '핌피 현상'은 나오지 않았습니다.

오답풀이

① 1문단에 모두가 함께 쓰는 시설이 공공시설이라고 나와 있습니다.

② 1문단을 통해 님비 현상이 사회 전체에는 이롭지만, 자신이 사는 지역에는 이롭지 않은 일을 반대하는 행동임을 알 수 있습니다.

④ 3문단에 주민들의 이기심과 소통 부족이 님비 현상이 생기는 원인으로 나와 있습니다.

⑤ 2문단에 님비 현상이라는 말은 1987년 3월 미국 뉴욕에서 있었던 일에서 생겨난 말이라고 나와 있습니다.

2 장애인 시설, 쓰레기를 태우는 곳, 쓰고 버린 물을 처리하는 곳은 사회에 꼭 필요한 시설입니다. 그러나 이런 시설을 아무 곳에도 지을 수가 없다면 그 피해는 우리 모두에게 돌아오게 될 것입니다.

3 (1) 미국의 한 도시에서 노숙자 임시 거주 시설이 생기는 것을 반대하는 것은 님비 현상이라 볼 수 있습니다.

(3) 한 마을 주민들이 특수 학교 설립을 반대하는 모습에서 님비 현상을 확인할 수 있습니다.

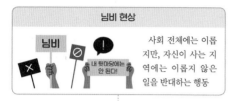 익힘학습 **자란다** 문해력

20~21쪽

1

| 님비 현상 | 사회 전체에는 이롭지만, 자신이 사는 지역에는 이롭지 않은 일을 반대하는 행동 |

예1 지역 이기주의 님비 현상	예2 님비 현상 때문이야	예3
"우리 상가 옆쪽에 장례식장이 들어온다잖아. 그래서 어른들이 그거 막으려고 반대 시위한다고 하던데."	뉴욕의 한 지역에서 나온 쓰레기를 정부가 다른 지역에 버리려다가 그 지역 주민들의 반대로 실패한 일이 있었다.	

예시답안 장애인 시설, 쓰레기를 태우는 곳, 사용한 물을 처리하는 곳 등의 공공시설들을 자기가 사는 지역에 설치하는 것을 반대하는 일이 있다.

2 (3) ○ (4) ○

3 **예시답안** 자신이 사는 지역에 싫어하는 시설이 생기는 것을 반대하는 것이다. 모든 사람이 님비 현상을 나타내는 태도를 보이면 우리 사회에 필요한 시설이 생길 수 없어 모두가 함께 살아가기 어려워질 것이다.

채점 Tip

1) 님비 현상의 의미를 잘 이해하고 글을 썼는지 확인해 보아요.

2) 님비 현상이 가져올 문제점에 대해 생각해 보는 것도 좋아요.

3) 님비 현상과 관련된 자신의 경험이 있다면 그것을 써 보아요.

4 (1) 주민 (2) 시위 (3) 이기심 (4) 시설

5 (1) 지역 (2) 건립

6 (1) 주민 (2) 시설

생각글 1 자석 총각, 끌리스

22~23쪽

철 나라 생명체들은 모두 몸의 한 부분이 철로 되어 있습니다. 그런데 철 나라 사람인 끌리스는 갈비뼈가 자석으로 되어 있습니다. 끌리스가 커 갈수록 자석의 힘은 더 커졌습니다. 그래서 끌리스의 집에서는 나무로 만든 물건들을 사용하고 끌리스의 부모님도 고무로 만든 고깔을 써야 했습니다.

내용요약 자석
1 ⑤   2 (2)   3 ③

1 끌리스의 부모님이 고무 고깔을 쓴 뒤로는 부모님의 머리카락이 끌리스에게 달라붙지 않았습니다. 이를 통해 ㉠은 고무가 자석이 끌어당기지 않는 물질이라는 뜻임을 알 수 있습니다.

2 끌리스는 갈비뼈가 자석으로 된 사람입니다. 이러한 끌리스의 가슴에는 철로 이루어진 청진기, 가로수의 철판 낙엽 그리고 식탁 위의 포크와 접시 등이 달라붙습니다. 따라서 자석과 철이 함께 있을 때, 서로 달라붙을 것임을 짐작할 수 있습니다.

3 끌리스의 집에서 쓰는 물건들은 특별히 다 나무로 만들어진 것이었습니다. 나무는 자석에 붙지 않기 때문입니다. 따라서 끌리스의 집에는 나무로 된 물건을 둘 수 없었을 것이라는 반응은 적절하지 않습니다.

오답풀이
① 끌리스의 부모님은 불편함을 참으면서라도 끌리스의 곁에 남아 있으려 했습니다. 이러한 모습을 통해 끌리스의 부모님이 밝고 따뜻한 분들임을 알 수 있습니다.
② 자석은 철을 끌어당기는 성질이 있기 때문에, 철 나라 생명체들은 모두 자석에 달라붙었을 거라고 짐작할 수 있습니다.
④ 끌리스의 가슴에는 철로 된 모든 물건이 달라붙었고, 따라서 불편하고 곤란하였을 것입니다.
⑤ 의사 선생님은 자석 갈비뼈를 가진 아이가 태어난 것에 놀라움을 감추지 못했습니다.

생각글 2 자석의 다양한 쓰임새

24~25쪽

자석은 철 같은 금속을 끌어당기는 성질을 지녔고, 플라스틱이나 고무, 종이, 유리는 자석에 붙지 않습니다. 자석의 힘이 가장 센 곳은 양쪽 끝의 극 부분이며, 자석은 같은 극끼리 서로 밀어 내고 다른 극끼리 서로 잡아당기는 성질을 가졌습니다. 이러한 자석의 성질은 우리 주변의 다양한 제품에 활용되고 있습니다.

내용요약 극
1 ⑤   2 ⑤   3 ㉡

1 이 글에서는 자석의 성질에 대해 설명한 뒤, 자석의 성질을 이용한 다양한 제품을 알려 주고 있습니다. 따라서 이 글의 주제로 알맞은 것은 자석의 성질과 그 성질을 이용한 제품입니다.

2 3문단에 자석이 철과 붙는 성질을 이용한 여러 가지 제품이 나와 있습니다. 냉장고 문, 드라이버, 폐차장과 쓰레기 처리장에서 쓰는 철이 붙는 기계 등이 있습니다.

오답풀이
① 막대 모양의 막대자석, U자 모양의 말굽자석 등이 있습니다.
② 자석의 양 끝은 가장 힘이 세고, 극이라고 부릅니다.
③ 2문단에 N극과 N극을 마주 대면 서로 밀어 낸다는 내용이 나와 있습니다.
④ 쓰레기 처리장에서 쓰는 고철 분리기에는 자석이 달려 있어서 고철만 따로 분류할 수 있습니다.

3 **보기**를 통해 자이로드롭에는 자석이 같은 극끼리 서로 밀어 내는 성질이 활용되었음을 알 수 있습니다. ㉡의 N극과 N극, S극과 S극은 서로 같은 극이므로 알맞은 반응으로 볼 수 있습니다.

오답풀이
㉠ N극과 S극은 서로 다른 극으로, 자석의 다른 극끼리는 서로 잡아당기는 성질이 있습니다.

자란다 문해력

26~27쪽

1

자석
철 을 끌어당기는 성질을 지닌 물체

자석의 특징	자석이 쓰이는 곳
• 자석의 양쪽 끝은 힘이 가장 센 부분으로 극 이라고 부름. • 자석의 극에는 N극과 S극이 있으며 같은 극끼리 서로 밀어 내고, 다른 극은 서로 잡아당김.	• 냉장고 문 안쪽의 테두리 • 나사못을 조일 때 쓰는 드라이버 • 폐차장에서 무거운 물건을 드는 기계 • 쓰레기 처리장에서 고철을 분리 수거할 때 쓰는 기계

2 (1) 밀어 낸다 (2) 끌어당긴다

3 (예시답안) 물체를 쉽게 붙일 수 있고, 철로 된 물질을 잘 분리할 수 있기 때문이다. 냉장고 문에 달린 자석 덕분에 냉장고 문이 저절로 닫히게 된다.

(채점 Tip▶)
1) 철을 끌어당기는 자석의 성질을 이해하고 있는지 확인해 보아요.
2) 우리 주변에 자석의 성질을 활용한 물건에는 어떤 것들이 있는지 예시를 들어도 좋아요.
3) 자석의 성질을 활용한 물건들이 가지는 장점에 대해 쓰는 것도 좋아요.

4 (1) ② (2) ⓒ (3) ⓒ (4) ⑤

5 (1) 성질 (2) 극

6 몸체
'물건의 몸 부분'은 '물체의 몸이 되는 부분.'을 뜻하는 '몸체'와 뜻이 비슷합니다.

생각글 **1**
조선 선비 유길준의 세계 여행

28~29쪽

민영익은 세계 여행을 마친 뒤 국왕인 고종을 찾아가 그동안의 일을 보고합니다. 고종은 민영익에게 미국의 경제 및 군사 상황, 영국의 군주 제도와 같은 부분에 대해 질문했으며, 민영익은 그에 대해 자세히 답변하였습니다.

1 민영익   **2** ⑤   **3** ⓒ, ⑤, ⓒ   **4** 지호

1 이 글에서 중심이 되는 사건은 민영익이 미국, 프랑스 등 세계 여행을 다녀온 후, 고종을 만나서 그곳에서 보고 들은 것을 보고하는 것입니다.

2 고종이 민영익에게 미국의 접대가 정말 좋았는지 물어본 것은 맞지만, 미국이 어떤 음식으로 접대를 하는지 물어보지는 않았습니다.

3 민영익은 미국에서 대통령을 만나고 뉴욕 시내를 구경하는 등, 세계 여행을 다녀온 후 한양에 돌아왔습니다. 그리고 민영익은 국왕인 고종을 찾아가 그동안의 일을 보고했으며, 그 과정에서 고종은 민영익이 세계 여행에서 무엇을 경험했는지 자세히 듣게 됩니다.

4 민영익은 상업으로 부강해진 서양의 나라에 대해 언급하며 긍정적인 반응을 보이고 있습니다. 따라서 민영익은 서양과 교류하면 나라를 발전시킬 수 있으며, 우수한 문물을 받아들여 우리나라를 강하게 만들어야 한다고 생각했으리라 짐작할 수 있습니다.

(배경지식)
보빙사
보빙사는 1883년에 조선이 최초로 서양 국가에 파견했던 외교 사절단입니다. 고종이 보빙사로 선발한 사람들 중에는 민영익, 서광범, 변수, 유길준 등이 있었습니다. 이들은 미국에 가서 세계 박람회, 병원, 철도 회사와 같은 장소에 방문했으며, 이는 후에 서양에서 여러 근대 문물을 들여오는 계기가 되었습니다.

30~31쪽

조선의 마지막 왕이었던 고종은 조선을 강한 나라로 만들기 위해 서양의 문화와 기술을 들여오기로 결심했습니다. 이때 들어온 물건이나 문화인 근대 문물에는 전기, 양복과 양장, 양식, 양옥 등이 있습니다. 이와 같은 근대 문물은 사람들의 생활을 크게 변화시켰습니다.

내용요약 근대 문물
1 ⑤   **2** 근대 문물   **3** ②

1 3문단에서 한복을 편리하게 개량해서 입었다고 하였습니다. 그러나 서양식 의복으로 인해 한복이 완전히 사라졌다는 내용은 이 글에 나타나 있지 않습니다.

오답풀이
① 1문단에서 고종은 서양의 문화와 기술을 들여와 조선을 강한 나라로 만들고자 하였음을 알 수 있습니다.
② 당시의 상류층이 커피와 홍차, 과자와 빵 같은 서양식 차와 간식을 즐겼음을 4문단에서 알 수 있습니다.
③ 전기가 들어온 뒤, 전차와 같은 교통수단과 전신 및 전화와 같은 통신 수단이 발달했다는 내용을 2문단에서 확인할 수 있습니다.
④ 5문단에 1910년에 만들어진 덕수궁 석조전은 최초의 서양식 건물이라는 내용이 나옵니다.

2 고종 때 들여온 서양의 문화와 기술을 근대 문물이라고 합니다. 문제에 제시된 표에서 의생활, 식생활, 주생활의 구체적인 항목들은 모두 이러한 근대 문물과 관련이 있습니다. 따라서 ㉠에 들어갈 말로 알맞은 것은 근대 문물입니다.

3 2문단에서 전기로 움직이는 전차를 쓰게 된 이후로, 사람들은 이전보다 더 빠르게 이동하였다고 하였습니다. 따라서 전신 및 전화와 같은 통신 수단을 쓸 수 있게 된 이후에 사람들이 서로 소식을 빠르게 전달하게 되었을 것입니다.

32~33쪽

1

근대 문물
고종이 조선을 강한 나라로 만들고자 서양의 **물** **건** 과 **문** **화** 를 들여온 것.

민영익의 세계 여행	조선을 바꾼 근대 문물
고종의 명령으로 세계 여행을 마치고 돌아온 민영익은 자신이 보고 들은 미국과 영국 등의 서양 문물에 대해 고종에게 보고함.	• **전** **기** 로 인해 교통과 통신이 발달함. • 양복과 양장의 등장 • 양식의 등장 • 양옥의 등장

2 (2) ○

3 **예시답안** 전기가 들어와서 교통과 통신 기술이 발전하였다. 사람들은 한복 대신 양복과 양장을 입고, 커피와 과자를 먹게 되었고, 서양식 건물인 양옥을 지었다. 이처럼 근대 문물은 사람들의 생활을 편리하게 바꿔 주었다.

채점 Tip
1) 조선에 들어온 근대 문물의 종류를 알고 있는지 확인해 보아요.
2) 조선에 근대 문물이 들어온 뒤 의식주에 생긴 변화를 잘 이해하고 있는지 확인해 보아요.
3) 조선에 근대 문물이 들어와 사람들의 생활이 어떻게 변화했는지 적어 보아도 좋아요.

4 (1) 부강 (2) 융성 (3) 근대 (4) 문물

5 (1) 부강 (2) 문물 (3) 풍족하다 (4) 근대

6 풍족하다
무엇인가 남을 만큼 모자라지 않다는 말인 '넉넉하다'는 '아주 넉넉하여 만족스럽다.'를 뜻하는 '풍족하다'와 뜻이 비슷합니다.

생각글 1 모차르트

34~35쪽

음악 신동 모차르트는 어릴 때부터 아버지를 따라 연주 여행을 다녔습니다. 성인이 된 모차르트는 오스트리아의 수도인 빈으로 가서 작곡과 연주를 하며 바쁜 생활을 했으며, 큰 인기를 누렸습니다. 또한 뛰어난 작곡 실력으로 특유의 장난기가 담긴 오페라 작품도 만들었습니다.

> 1 ①   2 ⑤   3 ④

1 이 글은 어린 시절의 모차르트가 음악 신동으로 불리며 연주 여행을 다니던 모습부터, 아주 유명하고 인기가 많은 작곡가로 성장한 모습까지 담고 있습니다. 따라서 글쓴이가 이 글을 쓴 목적은 모차르트의 삶과 재능에 대해 알려 주기 위해서라고 할 수 있습니다.

2 잘츠부르크를 떠나 오스트리아의 수도인 빈으로 간 모차르트는 낮에는 곡을 쓰거나 부잣집 자녀들에게 피아노를 가르치고, 저녁이면 귀족들이 연 음악회에 가서 음악을 연주하고 새로 작곡한 곡을 선보이느라 매우 바쁘게 살았습니다. 따라서 모차르트가 빈에서 작곡을 하지 않고 아이들을 가르쳤다는 설명은 적절하지 않습니다.

오답풀이
① 모차르트가 긴 곡도 아주 빠르게 만들었다고 나와 있습니다.
② 사람들은 모차르트의 음악을 좋아했으며, 모차르트가 만든 곡의 악보는 불티나게 팔려 나갔다는 설명을 확인할 수 있습니다.
③ 앞부분에 모차르트의 아버지는 아들의 재능을 다른 사람들에게도 알리고 싶었고, 여섯 살이 된 모차르트와 함께 연주 여행을 떠났다고 나와 있습니다.
④ 모차르트가 바이올린을 배운 적이 없음에도 불구하고 완벽하게 연주한 일화를 소개하고 있습니다.

3 **보기**를 통해 「마술 피리」에는 새잡이 파파게노가 등장한다는 것을 알 수 있습니다. ㉠은 깃털이 잔뜩 달린 의상이기 때문에, 파파게노가 새들을 잡기 위해 깃털을 잔뜩 달아서 새로 위장한 것임을 짐작할 수 있습니다.

생각글 2 모차르트의 오페라

36~37쪽

모차르트는 매우 다양한 곡을 만들었으며, 그중에는 26편의 오페라 작품도 있습니다. 모차르트는 「피가로의 결혼」이나 「마술 피리」처럼 세계적으로 유명한 오페라를 많이 남겼습니다. 이러한 작품에는 밝고 익살스러웠던 모차르트의 성격이 잘 담겨 있습니다.

> **내용요약** 오페라
> 1 ④   2 (2)   3 (3) ○

1 **1**문단에서 모차르트가 만든 오페라가 26편이 있다고 설명하고 있습니다. 모차르트 이전의 오페라 작품들에 대해서는 나와 있지 않습니다.

2 **2**문단에서 1786년에 처음 공연된 모차르트의 대표적인 오페라인 「피가로의 결혼」을 소개하고 있습니다. 그리고 그다음 **3**문단에서는 모차르트가 세상을 떠나기 두 달 전인 1791년에 완성한 오페라 「마술 피리」를 소개하고 있습니다. **보기**에서는 모차르트가 1787년에 작곡한 「돈 조반니」라는 작품을 설명하고 있으므로, 시간 순서를 따져 보았을 때 이 내용이 **2**문단의 뒤에 오는 것이 적절합니다.

3 오페라 「마술 피리」는 파미나와 타미노 왕자가 악당인 밤의 여왕을 물리치고, 사랑을 이룬다는 이야기입니다. 따라서 (3)의 타미노 왕자와 파미나 공주가 사랑을 이루어 행복하게 웃는 장면이 이 글을 읽고 떠올린 오페라 장면으로 적절합니다.

오답풀이
(1) 오페라 「피가로의 결혼」에서 백작은 피가로와 수산나의 결혼을 방해하는 인물입니다. 그래서 둘의 결혼을 응원하는 장면은 적절하지 않습니다.
(2) 밤의 여왕은 오페라 「마술 피리」의 등장인물이고, 알마비바 백작은 오페라 「피가로의 결혼」의 등장인물입니다. 따라서 두 인물이 함께 등장하는 장면은 나올 수 없습니다.

1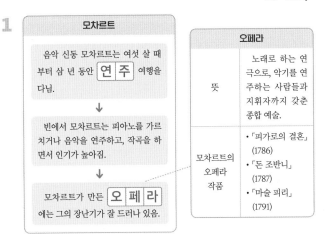

2 (1) ○

3 (예시답안) 관객들에게 즐거움을 주고, 평범한 사람들도 즐길 수 있는 오페라 작품들을 만들었다. 또한 모차르트의 음악을 들으면 마음이 밝아지고 평화로워진다. 그래서 많은 사람이 그의 음악을 사랑했던 것 같다.

(채점 Tip▶)
1) 모차르트 음악의 특징을 잘 이해하고 있는지 확인해 보아요.
2) 모차르트의 음악을 듣고 어떤 느낌이 들었는지 적어 보는 것도 좋아요.
3) 모차르트의 음악이 사랑받았던 이유를 적절하게 제시했는지 확인해 보아요.

4 (1) ㉣ (2) ㉡ (3) ㉢ (4) ㉠

5 (1) 재능 (2) 연주

6 (1) 작곡 (2) 관객

부벨라와 지렁이는 차를 마시면서 즐거운 시간을 보냅니다. 지렁이는 혼자 사는 부벨라가 안쓰럽다고 생각했고, 부벨라는 진흙 파이를 맛있게 먹는 지렁이에게 친구가 될 것을 제안해야겠다고 마음먹었습니다. 부벨라는 진실한 친구가 된 지렁이가 든 상자를 어깨에 매달고 함께 다니기 시작했습니다.

1 ③   2 ⑤   3 (3)   4 (3) ○

1 부벨라는 지렁이에게 친구가 되어 줄 것을 제안했고, 지렁이는 이를 기쁘게 받아들여 둘이 진실한 친구가 됩니다. 이 일이 이 글에서 일어난 가장 중요한 일입니다.

2 지렁이가 부벨라에게 관심을 보인 두 번째 친구라는 설명은 이 글에 나오지 않습니다.

3 부벨라는 진흙 파이를 맛있게 먹는 지렁이를 보고 지렁이에게 친구가 되어 줄 것을 제안했습니다. 따라서 ㉠은 부벨라가 지렁이에게 친구가 되자고 말할 순간이라는 것을 알 수 있습니다.

4 자신과 친구가 되면 무엇이 좋냐는 지렁이의 질문에 부벨라는 자신을 무서워하지 않고 늘 진실을 말해 주는 좋은 친구가 생기는 것이라고 대답했습니다. 따라서 지렁이는 부벨라에게 언제나 진실을 말해 주는 친구가 될 수 있을 것이라는 감상이 적절합니다.

(오답풀이)
(1) 부벨라와 지렁이의 몸집은 큰 차이가 나지만, 부벨라는 성냥갑으로 만든 상자에 지렁이가 들어갈 수 있도록 하였습니다. 그리고 그 상자를 어깨에 매달아 지렁이와 함께 다니기 시작했습니다. 따라서 둘의 몸집이 너무 차이 나기 때문에 친구가 되기 어렵다는 감상은 적절하지 않습니다.
(2) 부벨라는 지렁이를 만난 이후로 하루하루가 더없이 즐겁고, 헤어지고 싶지 않다고 말하고 있습니다.

2 진정한 우정의 의미

44~45쪽

친구는 마음을 나누는 존재이자 가족을 떠나서 처음 맺는 관계입니다. 더불어 살아가는 세상에서 친구를 사귀는 것은 중요합니다. 진정한 우정이란 서로를 존중하고 이해하는 데서 출발하여 진실과 믿음을 바탕으로 해야만 쌓을 수 있습니다.

> **내용요약** 마음, 믿음
> **1** ⑤   **2** ⑤   **3** (3) ○   **4** ④

1 4문단에 진정한 우정을 쌓고, 그 우정을 유지하는 것이 어렵다고 나와 있습니다. 따라서 우정은 한번 관계를 맺으면 유지하기가 무척 쉽다는 설명은 이 글의 내용과 맞지 않습니다.

> **오답풀이**
> ① 1문단에 친구는 마음을 나누는 존재라는 내용이 나와 있습니다.
> ② 친구는 우리가 자라면서 가족을 떠나서 처음 맺는 관계라는 설명을 2문단에서 확인할 수 있습니다.
> ③ 4문단에 우정이 서로를 이해하고 존중하는 것에서 출발한다고 나와 있습니다.
> ④ 4문단에 우정이 두 사람 사이에서 느끼는 친근한 감정이라고 나와 있습니다.

2 우리에게 마음을 터놓을 친구가 없다면 우리 삶은 외로울 것이라는 ㉠ 뒤의 문장은 친구를 사귀는 것이 중요하다는 ㉠ 앞의 문장의 이유에 해당합니다. 따라서 ㉠에 들어갈 이어 주는 말로 알맞은 것은 이유를 밝힐 때 사용하는 '왜냐하면'입니다.

3 이 글의 내용을 통해 (1)과 (2)의 그림처럼 친구와 같이 시간을 보내며 우정을 쌓아 갈 수 있음을 알 수 있습니다. 하지만 (3)의 그림처럼 친구와 다투는 것은 진정한 우정을 쌓는 모습으로 알맞지 않습니다.

4 진정한 우정은 진실과 믿음이 바탕이 되어야만 완성됩니다. 따라서 친구에게 항상 솔직하게 털어놓는다고 말한 애린이는 진실된 태도를 지니고 있으므로, 우정의 진정한 의미를 알맞게 이해하고 있습니다.

46~47쪽

1

> **진정한 우정**
> 서로를 이해하고 존중하는 것에서 출발하여
> 진실과 **믿음**을 바탕으로 하는 관계
>
> **친구의 의미**
> 친구는 마음을 나누는 **존재**이자 가족을 떠나서 처음 맺는 관계임.
>
> **친구가 필요한 까닭**
> 친구가 없다면 우리 삶은 외로울 것이고, 친구는 우리를 지지해 주는 큰 **힘**이 되어 줌.

2 (3) ○ (4) ○

3 **예시답안** 친구가 준비물을 안 가져오면 빌려주었고, 친구에게 거짓말을 하지 않았다. 그래서 친구와 우정을 쌓을 수 있었다.

> **채점 Tip**
> 1) 친구와 우정을 쌓기 위해 했던 노력을 적절하게 제시했는지 확인해 보아요.
> 2) 친구와 우정을 쌓기 위해 자신이 했던 과거의 경험을 잘 떠올려서 적어 보아요.
> 3) 우정의 의미가 잘 담겨 있는 행동에는 어떤 것이 있는지 써 보는 것도 좋아요.

4 (1) 친구 (2) 진실 (3) 또래 (4) 공감

5 (1) 진실 (2) 우정

6 공감
'무엇인가를 같이 느낄 수 있는' 것은 '다른 사람의 감정·의견·주장에 대하여 자기도 그렇다고 느끼는 기분.'을 뜻하는 '공감'과 뜻이 비슷합니다.

엉뚱이 소피의 못 말리는 패션

48~49쪽

용감하고 영리하며 독창적인 소피는 자유로운 복장을 하고 학교에 갑니다. 하지만 소피의 선생님은 소피의 옷이 이상하다고 생각했고, 결국 부모님에게 복장 규정에 대한 내용을 담은 경고성 편지를 보냈습니다. 소피의 행동을 가만히 내버려 두었던 부모님은 그 편지를 받고 약간 걱정하기 시작했습니다.

1 복장   2 ④   3 (3)   4 정아

1   필리베르 선생님이 소피의 부모님에게 보낸 편지에는 '우리 학교에서는 다음과 같은 복장을 엄격히 금지하고 있'다며 몇 가지의 복장 규정이 쓰여 있습니다. 따라서 빈칸에 들어갈 말로 알맞은 것은 '복장'입니다.

2   필리베르 선생님의 편지에서 학교에서 금지하는 복장이란 소피가 학교에 입고 온 옷들을 말합니다. 세 번째 규정에 불손한 말이 적힌 티셔츠를 입고 오는 것은 금지라고 하였으므로, ④의 만화 주인공 캐릭터가 그려진 티셔츠를 상상한 것은 알맞지 않습니다.

3   필리베르 선생님은 소피가 학교에서 지나치게 자유로운 복장을 하지 않고 학교 규칙에 맞는 옷을 입게 하기 위해서 소피의 부모님에게 편지를 썼습니다.

4   소피는 균형이나 단순함을 거부하고, 부모님의 옷까지 꺼내 입으며 아주 독창적인 옷차림을 뽐냈습니다. 따라서 소피가 옷을 입을 때 독창적으로 생각하는 게 유쾌했다는 정아의 감상은 적절하다고 볼 수 있습니다.

오답풀이
동민: 소피의 부모님은 소피가 어떤 옷을 입어도 가만히 내버려 두었습니다. 따라서 소피가 부모님의 말씀을 듣지 않고 멋대로 행동했다는 것은 적절하지 않습니다.
가희: 이 글에는 소피의 옷차림을 본 친구들의 반응이 나와 있지 않습니다. 따라서 소피의 옷차림을 샘내거나 놀리는 친구들에 대해 언급한 감상은 적절하지 않습니다.

나를 표현하는 개성

50~51쪽

개성이란 남과 구별되는 나만의 특성을 의미합니다. 사람들은 저마다 개성을 가지기 때문에 하나뿐인 나로 성장할 수 있습니다. 예를 들어 소피에게는 옷이 개성의 표현이며, 이러한 개성을 찾아내고 표현하기 위해서는 우선 스스로를 있는 그대로 이해해 보는 것이 중요합니다.

내용요약 개성, 개성
1 ④   2 (3)   3 준수

1   사람들은 서로 다른 개성을 가지고 있습니다. 따라서 지구에 사는 사람들은 모두 비슷한 개성을 가지고 있다는 설명은 이 글의 내용과 일치하지 않습니다.

2   상상력이 풍부한 민정이는 색깔 모래를 이용해 스케치북에 우주를 표현함으로써 자신의 개성을 표현하고 있습니다. 이는 스스로가 흥미를 느끼는 부분을 적절한 방법으로 표현했기 때문에 개성을 올바르게 표현한 예라고 할 수 있습니다.

오답풀이
(1) 찬영이는 운동 신경이 좋다는 특성을 가지지만, 그 운동 신경을 이용해 친구들을 괴롭히고 있습니다. 이처럼 다른 사람을 괴롭히는 것은 개성을 올바르게 표현한 예라고 할 수 없습니다.
(2) 도현이는 모험심이 강하다는 특성을 가지지만, 출입이 금지된 위험한 장소에 들어가는 행동을 합니다. 이러한 행동은 스스로를 위험에 빠뜨리는 것이며, 따라서 개성을 올바르게 표현한 예라고 볼 수 없습니다.

3   이 글에서 설명하는 개성이란 남과 구별되는 나만의 특성입니다. 또한 이 글을 통해 나의 개성만큼 다른 사람들의 개성도 중요하다는 것을 알 수 있습니다. 따라서 개성은 사람마다 다른, 남과 나를 구별 짓는 특징이며, 다른 사람의 개성도 존중하고 인정할 줄 알아야 한다고 말한 준수의 이해가 올바르다고 할 수 있습니다.

익힘학습 **자란다** 문해력

52~53쪽

1

개성
한 사람이 지닌, 남과 구별되는 특성으로 서로 다른 외모와 성격, 태도 등이 있음.

예1 엉뚱이 소피의 못 말리는 패션	예2 나를 표현하는 개성	예3
한 짝밖에 없는, 그러니까 쌍둥이가 아닌 양말은 소피에게 보물과도 같은 것이었다. 소피는 새로운 실험을 좋아했다.	우리는 어떤 옷차림을 해야 한다는 고정관념이 있다. 그런데 곰곰이 생각해 보면, 얼마든지 다르게 옷을 입을 수도 있다.	

(예시답안) 나는 상상력이 풍부하다. 그래서 내가 상상하는 것을 자유롭게 글로 표현하고는 한다.

2 (2) ○ (4) ○

3 (예시답안) 남과 구별되는 나만의 특성이다. 개성을 통해 하나뿐인 나로 성장할 수 있기 때문에 중요하다. 나만의 개성을 찾기 위해 내가 어떤 것에 흥미를 느끼는지 찾아보아야겠다.

(채점 Tip)
1) 개성의 의미에 대해 올바르게 이해하고 있는지 확인해 보아요.
2) 우리의 삶에서 개성이 중요한 이유를 적절히 제시했는지 확인해 보아요.
3) 개성을 표현하기 위해 어떤 방법을 활용할 것인지 적어 보는 것도 좋아요.

4 (1) 성장 (2) 개성 (3) 표현 (4) 독창적

5 (1) 성장 (2) 복장 (3) 표현 (4) 독창적

6 개성
일정한 사물에만 있는 특수한 성질인 '특성'은 '사람마다 본래 가지고 있는 특성.'을 뜻하는 '개성'과 뜻이 비슷합니다.

생각글 **1** 단추 마녀의 수상한 식당

54~55쪽

민수는 편식이 심하고 인스턴트식품을 좋아하는 아이입니다. 그래서 엄마가 차려 준 영양이 가득한 아침 식사를 보고도 햄버거와 콜라 생각뿐이었습니다. 엄마는 그런 민수에게 인스턴트식품이 얼마나 몸에 안 좋은지 알려 주지만, 민수는 끝내 밥을 먹지 못합니다.

1 ④	2 ⑤	3 당근 주스, 시금칫국	4 (2) ○

1 이 글에 등장하는 민수는 편식이 심하고, 인스턴트식품을 좋아하는 아이입니다. 민수의 엄마는 자신이 차려 준 아침 식사 대신 인스턴트식품을 먹고 싶다고 하는 민수에게 음식을 골고루 먹어야 한다고 이야기합니다. 따라서 이 글의 내용과 일치하는 것은 ④입니다.

2 민수의 엄마는 민수를 위해 영양이 가득한 아침 식사를 차려 주었지만, 식탁 위에 올라간 음식들 중에서 민수가 좋아하는 건 하나도 없었습니다. 따라서 민수가 식탁을 멍하게 바라보기만 한 이유는 먹기 싫은 음식들만 차려져 있기 때문임을 짐작할 수 있습니다.

3 ⓒ은 민수의 엄마가 차려 준 아침 식사에 올라온 음식들을 가리킵니다. 따라서 **보기** 중 당근 주스와 시금칫국이 ⓒ에 해당합니다.

4 '벙긋벙긋'은 닫혀 있던 입을 소리 없이 열었다 닫았다 하는 모양을 흉내 내는 말입니다.

(오답풀이)
(1) '콜록콜록'은 감기 따위로 가슴 속에서 잇따라 울려 나오는 기침 소리를 흉내 내는 말입니다.

작품읽기

책 소개
편식쟁이인 민수는 먹기 싫은 음식을 몰래 골라내고, 인스턴트식품만을 먹고 싶어 합니다. 어느 날 단추 마녀의 초대장을 받아 비밀 식당에 찾아간 아이들과 선생님은 편식을 하며 몸에 나쁜 음식만을 먹다가 위기에 처합니다. 간신히 위기에서 벗어난 민수는 편식하는 습관을 고치게 됩니다.

단추 마녀의 수상한 식당
글 정란희
키다리

영양소의 종류와 기능

56~57쪽

음식물에 있는 성분 중 에너지를 만드는 데 필요한 것이 바로 영양소입니다. 우리 몸에 꼭 필요한 3대 영양소에는 탄수화물, 단백질, 지방이 있으며, 우리 몸을 이루거나 몸의 기능을 조절하는 영양소에는 물, 무기질, 비타민 등이 있습니다. 우리는 건강하게 살아가기 위해 이와 같은 영양소를 골고루 섭취해야 합니다.

내용요약 영양소

1 ⑤   2 ①   3 (1) 물 (2) 단백질 (3) 탄수화물

1 2문단에서 사람이 건강하게 살아가려면 50가지 정도의 영양소가 필요함을 알 수 있습니다.

오답풀이

① 이 글을 통해 사람이 살아가기 위해서는 다양한 영양소가 필요하다는 것을 알 수 있습니다.

② 1문단에 사람은 끊임없이 몸을 움직이며 살아가기 위해 우리가 매일 여러 가지 음식을 먹는다고 나와 있습니다.

③ 5문단을 통해 한창 성장하는 청소년기에 영양소를 충분히 섭취하지 못하면 키가 자라지 않고 뇌세포가 발달하지 못한다는 것을 알 수 있습니다.

④ 4문단에 무기질과 비타민이 채소나 과일 등에 많이 들어 있다고 나와 있습니다.

2 이 글은 영양소의 의미를 설명한 뒤, 여러 가지 영양소의 종류와 기능에 대해 알려 주고 있습니다. 따라서 글쓴이는 지식을 알려 주기 위해 이 글을 썼다고 볼 수 있습니다.

3 (1) 우리 몸의 60~70% 정도를 구성하는 물질은 물입니다.

(2) 뼈와 근육, 머리카락의 성분이며 고기나 생선에 많이 들어 있는 영양소는 단백질입니다.

(3) 우리 몸에 필요한 에너지를 가장 많이 만들며, 곡식에 들어 있는 영양소는 탄수화물입니다.

자란다 문해력

58~59쪽

1

> **균형 잡힌 식사의 중요성**
> 우리가 에너지를 얻어서 건강하게 살아갈 수 있게 도와줌.

> **우리 몸에 중요한 영양소**
> • 탄|수|화|물, 지방, 단백질은 우리 몸에 반드시 필요한 3대 영양소임.
> • 물, 무|기|질, 비타민은 우리 몸의 기능을 조절하는 중요한 영양소임.

> **올바른 영양소 섭취 방법**
> • 완두콩, 당근, 멸치 같은, 영양이 가득한 음식을 고루 먹음.
> • 인|스|턴|트식품은 되도록 멀리함.
> • 편식하지 않도록 해야 함.

2 (2) ○

3 **예시답안** 우리 몸에 에너지를 만들어 주고, 우리 몸의 기능을 조절한다. 그래서 편식하지 말고 인스턴트식품을 멀리 해야 한다. 건강한 음식을 먹고 영양소를 골고루 섭취해야 건강하게 살아갈 수 있기 때문이다.

채점 Tip

1) 영양소가 우리 몸에서 하는 일을 이해하고 있는지 확인해 보아요.
2) 영양소를 섭취하는 바른 방법을 제시했는지 확인해 보아요.
3) 영양소를 골고루 섭취하는 자기만의 방법을 구체적으로 제시해도 좋아요.

4 (1) ㉢ (2) ㉠ (3) ㉡ (4) ㉣

5 (1) 공급 (2) 음식

6 (1) 섭취 (2) 에너지

생각글 1 옛날 관청과 공공시설

60~61쪽

순찰을 나갔던 포졸은 동헌에 돌아와 간밤에 김 대감 댁에 도둑이 들었음을 알립니다. 이 소식을 들은 포도대장은 마을에 연이어 도둑이 들자 포도청의 체면이 땅에 떨어졌다고 한탄합니다. 결국 포도대장은 포졸과 포도부장에게 도둑을 잡아 오라고 불호령을 내립니다.

---

1 (2)　　**2** ④　　**3** (2) ○

---

1 이 글의 주제는 포도청이 하는 일을 보여 주는 것입니다. 이 글은 한 포졸이 동헌으로 달려 들어와 김 대감 댁에 도둑이 들었음을 알리며 시작되는데, 이후 포도대장이 화를 내며 도적을 잡아 오라고 소리칩니다. 따라서 도둑을 잡는 포도청의 역할이 드러난 (2)가 가장 중심이 되는 장면이라고 할 수 있습니다.

2 포도대장과 네 명의 포도부장들 앞에 꿇어앉은 포졸은 '윗사람들의 눈치'만 살핀다고 나와 있습니다. 따라서 포도부장은 포졸보다 높은 자리에 있는 사람입니다. 포도부장이 포졸보다 낮은 자리에 있는 사람이라는 설명은 적절하지 않습니다.

3 **보기**를 통해 포도대장이 포도청을 지휘하고 감독하는 책임자였음을 알 수 있습니다. 또한 이 글에서 포도대장이 크게 소리를 지르자 포졸과 포도부장들이 머리를 조아리는 장면, 포도대장이 포도부장들에게 화를 내며 도둑을 잡아 오라고 소리치는 장면이 나옵니다. 그래서 (2)의 감상이 적절하다고 할 수 있습니다.

오답풀이

(1) **보기**에서 포도청이 오늘날의 경찰서로, 도둑이나 죄를 저지른 사람을 잡는 일을 하던 곳이라고 나와 있습니다. 따라서 옛날에는 소방서를 포도청이라고 불렀다는 감상은 적절하지 않습니다.

(3) **보기**에 소개된 '목구멍이 포도청이다'라는 속담은 먹고살기 어려워서 포도청에 잡혀 갈 줄 알면서도 죄를 짓는다는 의미입니다. 따라서 먹고살기 어려워서 지은 죄는 처벌받지 않았을 것이라는 감상은 알맞지 않습니다.

 생각글 2 옛날의 경찰서, 포도청

62~63쪽

오늘날의 경찰서는 조선 시대 때 처음 만들어졌던 포도청에서 그 역사가 시작되었습니다. 당시 포도청이 하던 일은 오늘날 경찰서가 하는 일과 비슷했으며, 그 구성원은 포도청을 돌보던 포도대장과 거리에서 치안을 돌보던 포졸, 그리고 여성과 관련된 일을 담당하던 다모 등으로 이루어져 있었습니다.

내용요약 포도청, 경찰서
1 포도청　　**2** ④　　**3** ㉯

---

1 이 글에는 오늘날의 경찰서와 비슷한 일을 하던 기관인 포도청에 대한 설명이 담겨 있습니다. 특히 포도청이 하던 일과 포도청에서 일하던 사람들에 대한 설명이 자세히 나와 있습니다. 따라서 이 글의 제목으로 알맞은 것은 '옛날의 경찰서, 포도청'입니다.

2 이 글을 통해 알 수 있는 것은 오늘날의 경찰서처럼 사회의 안전을 지켜 주던 기관인 포도청에 대한 내용입니다. 따라서 이 글은 '옛날에도 사회의 안전을 지키는 기관이 있었을까?'에 대한 대답이라고 할 수 있습니다.

3 포도청에서 일하던 다모는 여성 도적을 잡거나, 여성의 몸을 수색하는 일을 하던 여성입니다. 조선 시대는 여자와 남자를 엄격하게 구별하였기 때문에 여성과 관련된 일은 다모만이 할 수 있었습니다. 따라서 남성 도적을 수색하겠다는 다모의 말은 알맞지 않습니다.

1

포도청
조선 시대의 **경 찰 서**
로, 성종 임금이 도적으로 인해
어지러운 나라를 안정시키고
자 만듦.

포도청에서
일한
사람들
• 포도대장: 포도청을 이
끌던 가장 높은 사람임.
• **포 졸** : 죄를 지은
사람을 직접 잡거나 순
찰을 도는 일을 함.
• 다모: 여성 도적을 잡거
나 여성의 몸을 수색하
는 일을 함.

포도청과
경찰서의
공통점
• 죄 지은 사람을 잡음.
• 순찰을 하고 사회의 질
서를 지킴.

2 (3) ○ (4) ○

3 (예시답안) 사회의 안녕과 질서를 유지하기 위해 꼭 필요한
기관이다. 둘 다 죄를 지은 사람을 잡고 순찰을 한다. 그래서
우리는 예나 지금이나 편안하고 안전한 생활을 할 수 있다.

(채점 Tip)
1) 조선 시대의 포도청과 경찰서가 어떤 목적을 가진 기관인지 적어
보아요.
2) 포도청과 경찰서의 비슷한 점을 적절하게 써 보아요.
3) 포도청과 경찰서가 있어 좋은 점을 제시하는 것도 좋아요.

4 (1) **치안** (2) **순찰** (3) **포도청** (4) **포졸**

5 (1) **안녕** (2) **치안**

6 (1) **순찰** (2) **수색**

생각글
1
옛사람들과 색깔

66~67쪽

색을 소중히 여겼던 옛사람들은 색깔에 나름의 의미를 붙여 사용했
습니다. 흰색은 순수하고 평화로운 색으로 여겨졌으며, 빨간색은 나쁜
것을 물리치는 고귀한 색, 그리고 파란색은 신비하고 희망을 담은 색으
로 여겨졌습니다. 이러한 색깔의 의미가 활용된 대표적 예로는 태극기
가 있습니다.

(내용요약) 색깔
1 ④   **2** (1) ③ (2) ① (3) ②   **3** ②

1 이 글에서는 옛사람들이 색깔에 나름의 의미를 붙여 사
용했음을 다양한 예시를 들어 설명하고 있습니다. 따라
서 이 글에서 주로 설명하는 '우리나라 전통 문화 속 색
깔의 의미'입니다.

2 (1) 이 글을 통해 우리 민족이 흰색을 순수하고 평화로운
색으로 여겼으며, 태극기에 쓰인 흰색은 순수함과 평
화를 나타낸다는 것을 알 수 있습니다.
(2) 3문단에서 빨간색은 옛날부터 나쁜 것을 물리치는
고귀한 색이었다는 것을 확인할 수 있습니다.
(3) 파란색은 인간이 닿을 수 없는 신비함과 희망의 색이
었음을 4문단을 통해 알 수 있습니다.

3 **보기**에 등장하는 도깨비는 귀신, 즉 나쁜 것입니다. 따
라서 도깨비가 가장 무서워하는 음식은 빨간색이 들어
간 '붉은 팥죽'임을 짐작할 수 있습니다.

배경지식

태극기
태극기는 아주 오래전 만들어지고 변화해 왔으며, 우리가 지금 사
용하는 태극기의 모습은 1949년에 정해진 것입니다. 태극기에는 이
글에 등장한 색깔의 의미 외에도 다양한 의미가 포함되어 있습니다.
가운데의 태극 문양은 '음'과 '양'의 조화를 상징하는 것이며, 네 모서
리의 4괘는 각각 하늘, 땅, 물, 불을 상징하는 것입니다. 이러한 태극
기는 우리나라를 상징하는 국기이므로 태극기를 소중히 여기는 태도
를 가져야 합니다.

마음을 움직이는 색깔

68~69쪽

우리는 주변에서 다양한 색깔을 볼 수 있으며, 이러한 색깔은 우리의 기분이나 건강에도 영향을 줍니다. 따라서 색채 치료를 통해 사람의 스트레스를 낮추고 활력을 되찾는 데 도움을 줄 수 있습니다. 이러한 색채 치료는 집 안을 꾸미거나 옷을 입을 때처럼 일상에서도 쉽게 활용할 수 있는 방법입니다.

---

1 색채 치료   **2** ③   **3** ⓛ   **4** 빨간색

---

1 이 글의 중심이 되는 내용인 '색채 치료'는 색이 가진 성질을 이용하여 사람의 마음을 건강하게 하는 것을 말합니다.

2 4문단에서 파란색은 우리 몸의 긴장을 풀어 주고, 스트레스를 없애 주며, 밤에 잠 못 드는 불면증을 없애는 데에도 도움이 된다고 설명하고 있습니다. 따라서 불면증으로 잠을 이룰 수 없다면 파란색이 도움이 된다는 설명은 적절합니다.

오답풀이

① 자연을 나타내는 색으로 안정감을 주는 것은 초록색입니다.
② 열정을 나타내는 색으로, 자신감을 높여 주는 것은 빨간색입니다.
④ 마음에 휴식이 필요하다면 초록색을 활용해 집을 꾸미는 것이 좋습니다.
⑤ 긴장을 풀어 주고 스트레스를 없애 주는 효과가 있는 색은 파란색입니다.

3 이 글은 색깔이 우리의 기분이나 건강에도 영향을 준다는 의견을 제시하고 있습니다. 따라서 장미의 노란색이 마음을 밝아지게 했다는 ⓛ의 예가 이 글의 내용과 관련 있습니다.

4 **보기**의 상황에 처한 친구는 몸에 기운이 없고, 마음이 우울한 상태입니다. 또한 예전의 열정을 되찾기를 원하고 있습니다. 따라서 삶에 대한 열정이 다시 살아나고, 힘이 솟아나도록 도와주는 빨간색을 추천하는 것이 적절합니다.

 자란다 문해력

70~71쪽

1

┌─────────────────────────────┐
│ **색깔의 다양한 의미** │
│   │
│ 옛날에도 지금도 사람들은 색 깔 에 │
│ 의미를 부여하고, 다양하게 이용함. │
└─────────────────────────────┘

┌──────────────────────┐ ┌──────────────────────┐
│ **옛사람들이 생각한 색깔의 의미** │ │ **색채 치료에 쓰이는 색깔의 의미** │
│   │ │   │
│ • 흰 색 은 순수함과 평화를 나 │ │ • 초록색은 안정과 평화로움을 나 │
│   타냄.   │ │   냄.   │
│ • 빨간색은 고귀함을 나타냄. │ │ • 파란색은 차분함, 신뢰, 소통을 나 │
│ • 파란색은 희망을 나타냄.   │ │   타냄.   │
│   │ │ • 빨 간 색 은 열정과 강인함 │
│   │ │   을 나타냄.   │
└──────────────────────┘ └──────────────────────┘

2 (2) ○

3 **예시답안** 빨간색, 옛사람들에게 고귀한 색으로 쓰였고, 색채 치료에서 열정과 강인함을 뜻하는 것이 비슷하기 때문이다.

채점 Tip

1) 색깔이 지닌 다양한 의미를 적절히 제시했는지 확인해 보아요.
2) 시대가 달라져도 사람들이 색깔을 다양하게 이용하고 있음을 이해하고 있는지 확인해 보아요.
3) 색깔이 우리 마음에도 영향을 준다는 것을 잘 설명했는지 확인해 보아요.

4 (1) ㉠ (2) ㉢ (3) ㉢ (4) ㉡

5 (1) 상징 (2) 치료 (3) 색깔 (4) 심리

6 상징
겉으로 드러내는 것을 뜻하는 '나타내다'는 '어떤 생각이나 느낌을 떠오르게 하는 기호나 물건.'을 뜻하는 '상징'과 뜻이 비슷합니다.

높임말을 왜 써야 할까?

존댓말을 잡아라

생각글 1

'나'는 할머니와 엄마에게 존댓말을 쓰지 않고, 일곱 살인 동생은 '나'의 그런 말투를 따라 합니다. 엄마는 존댓말을 쓰지 않는 '나'에게 화를 내시고, '나'는 도리어 동생에게 화를 내고 음식을 뺏어 먹습니다. 그런 '나'의 행동을 보고 엄마는 혼을 내시고, 할머니는 화가 난 얼굴로 우리를 바라보셨습니다.

내용요약 존댓말
1 ④   **2** ②   **3** (3)

1 이준이는 동생에게 따라 하지 말라며 소리친 뒤, 동생 밥그릇에 담긴 소시지를 뺏어 먹었습니다. 그러자 동생은 울음을 터뜨렸고, 그 모습을 지켜보던 할머니께서는 화가 난 얼굴로 나와 동생을 바라보셨습니다. 따라서 할머니께서 ㉠과 같이 반응한 이유는 형이 동생의 음식을 뺏어 먹어 동생을 울렸기 때문입니다.

2 **보기**를 통해 엄마가 사 주신 높임말 책에 어른에게는 '-께서'를 쓰고 '-시'를 붙여야 한다고 나와 있음을 확인할 수 있습니다. 이를 바탕으로 높임말을 알맞게 쓴 것은 **보기**에 등장한 모든 규칙을 지킨 '할머니께서 오신다.'라는 문장입니다.

오답풀이
① **보기**에 나온 규칙에 따라 높임말을 알맞게 쓰기 위해서는 '아빠께서 나가셨다.'라고 문장을 고쳐야 합니다.
③ '동생'은 나보다 나이가 적기 때문에 높임말을 사용하는 것은 적절하지 않습니다.
④ **보기**에 나온 규칙에 따라 높임말을 알맞게 쓰기 위해서는 '엄마께서 놀러 나가셨다.'라고 문장을 고쳐야 합니다.
⑤ '우리'는 나를 포함하는 다수를 가리키는 말로, 그 안에는 높여 주어야 하는 사람이 포함되지 않습니다. 따라서 높임말을 사용하는 것은 적절하지 않습니다.

3 이준이는 동생이 자신의 말투를 따라 하는 것 때문에 엄마에게 혼이 나자 동생에게 소리치고 소시지를 뺏어 먹습니다. 이러한 이야기를 바탕으로, 이준이는 자신의 말투를 따라 하는 동생이 얄미워서 그런 말과 행동을 했음을 짐작할 수 있습니다.

존중을 담은 높임말

생각글 2

높임말은 어른을 존중하는 표현이며, 많은 사람이 모인 공적인 자리에서도 쓰입니다. 존댓말과 비슷한 의미를 가진 높임말을 표현하는 방법에는 여러 가지가 있습니다. 우리나라는 예로부터 예의를 중요하게 여겼기 때문에 높임말이 풍부하게 발달했습니다.

내용요약 존중
1 ④   **2** ④   **3** ②   **4** (1) ㉮, ㉣ (2) ㉯, ㉰

1 이 글을 통해 알 수 있는 높임말 표현 방법은 '-께서', '-께', '-시-'를 사용하는 것, 문장 끝에 '습니다' 또는 '-요'를 사용하는 것, 그리고 높임의 뜻이 담긴 낱말을 사용하는 것이 있습니다. 따라서 '-요'를 문장 끝에 붙이지 않는 것은 높임말 표현 방법이 아닙니다.

2 이 글은 높임말을 표현하는 여러 가지 방법에 대해 다양한 낱말을 예로 들어 설명하고 있습니다. 따라서 알려 줄 내용의 예를 들어 설명한다는 것이 이 글의 특징으로 알맞습니다.

3 높임말이 되기 위해서는 문장 끝에 '습니다' 또는 '-요'를 써야 합니다. 따라서 '줘'는 높임말 표현이 잘못된 것이며, '주세요'라고 바꾸는 것이 적절합니다.

오답풀이
① '-께'를 사용했으므로 높임말이 적절하게 표현되었습니다.
③ '-께서'를 사용했으므로 높임말이 적절하게 표현되었습니다.
④ 동작을 나타내는 '주다'에 '-시-'가 사용되었으므로 높임말이 적절하게 표현되었습니다.
⑤ '드리다'는 '주다'와 같은 의미로 사용되며, 낱말 자체에 높임의 뜻이 담겨 있는 말입니다.

4 ㉮에는 '-께서'가 사용되었고, ㉣에는 동작을 나타내는 '걷다'에 '-시-'가 사용되었으므로 ㉠에 해당하는 사례입니다. 이와 달리 ㉡에 해당하는 사례로는 '이름'과 같은 의미로 사용되는 높임말 '성함'을 쓴 ㉯와, '생일'과 같은 의미로 사용되는 높임말 '생신'을 쓴 ㉰가 있습니다.

익힘
학습 **자란다** **문해력**

78~79쪽

1

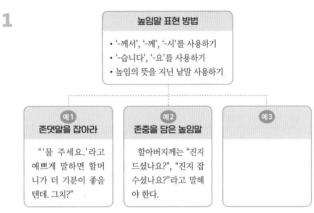

(예시답안) 할머니, 생신을 축하드려요.

2 (1) ○ (4) ○

3 (예시답안) 어른을 존중하는 마음을 표현할 수 있고, 공적인 자리에서 예의를 지킬 수 있다. 지난번 학급 회의에서 반말을 사용했는데, 앞으로는 높임말을 써야겠다.

(채점 Tip)
1) 어른과 대화할 때 높임말을 써야 하는 이유를 잘 이해하고 있는지 확인해 보아요.
2) 공적인 자리에서 높임말을 써야 하는 이유를 잘 이해하고 있는지 확인해 보아요.
3) 높임말 사용과 관련된 자신의 경험이나 앞으로의 다짐을 적어 보아도 좋아요.

4 (1) ㄹ (2) ㄱ (3) ㄷ (4) ㄴ

5 (1) 높임말 (2) 존중

6 인자
마음이 너그러움을 나타내는 '관대하다'는 '마음이 너그럽고 사랑이 많음.'을 뜻하는 '인자'와 뜻이 비슷합니다.

생각글
1

로자 파크스 이야기

80~81쪽

로자 파크스는 버스 좌석을 흑인과 백인의 자리로 나누고, 자리가 부족하면 흑인이 백인에게 자리를 내주어야 했던 당시 몽고메리 지역의 인종 차별에 저항했습니다. 로자 파크스는 결국 벌금형을 선고받고, 그 이야기를 들은 수많은 흑인이 '버스 안 타기 운동'을 벌였습니다. 마침내 그들은 자신의 권리를 되찾게 되었습니다.

(내용요약) 차별
1 ② **2** ㉯ **3** (1)

1 로자 파크스가 살던 당시 몽고메리 지역에서는 버스 좌석이 흑인과 백인의 자리로 나누어져 있었으며, 자리가 부족하면 흑인이 백인에게 자리를 내주어야 했습니다. 버스 기사가 로자 파크스에게 일어나라고 한 이유는 흑인인 로자 파크스가 백인에게 자리를 양보해야 한다고 생각했기 때문입니다.

2 로자 파크스는 버스에서 백인에게 자리를 양보하지 않고 결국 벌금형을 선고받았습니다. 이는 버스에서 일어난 인종 차별에 대한 저항이라고 볼 수 있으며, 로자 파크스는 흑인이 백인에게 자리를 양보해야 한다는 것은 차별이라고 생각했음을 짐작할 수 있습니다.

3 로자 파크스는 피부색이 다르다는 이유로 차별받았습니다. 이와 비슷한 예는 (1)입니다. 동남아시아 지역에서 온 외국인 노동자들은 한국인과 외모나 국적이 다릅니다. 그래서 한국인보다 훨씬 적은 돈을 받고, 회사에서 제공하는 의료 보험의 혜택을 받지 못하므로 차별의 예라 볼 수 있습니다.

(오답풀이)
(2) 공항에서 위험한 물건이 있는지 확인하는 것은 비행기를 타는 사람들의 안전을 위한 절차입니다. 따라서 이것은 차별의 예로 볼 수 없습니다.

다른 게 틀린 건 아니잖아?

82~83쪽

이 글에서는 A와 B의 대화를 통해 인종과 출신 국가에 따른 편견을 보여 주고 있습니다. 편견이란 이미 결정된 어떤 치우친 생각을 갖는 것으로, 수많은 사람을 하나로 싸잡아 말하는 어리석은 생각입니다. 이러한 편견은 차별의 핑계 중 하나로 작용하며, 여러 문제로 이어집니다.

1 편견	2 ①	3 (3)	4 예린

1 이 글을 통해 편견이란 처음부터 이미 결정된 어떤 치우친 생각을 갖는 것이며, 이러한 편견을 가지면 개개인의 결점과 장점은 생각하지 않고 그 사람이 내가 싫어하는 집단에 속해 있다는 이유로 싫어하게 된다는 것을 알 수 있습니다.

2 ㉠이 설명하고 있는 것은 '편견'입니다. 이 글의 마지막 부분에서 이러한 편견이 차별의 핑계 중 하나라고 설명하고 있습니다.

3 '아예'는 '조금도'를 뜻하는 말이기 때문에 '꽤 오랜 동안'이라는 뜻의 '한동안'과 바꾸어 쓸 수 없습니다.

오답풀이
(1) '찜찜하다'와 '꺼림직하다'는 마음에 걸려서 언짢고 싫은 느낌이 있음을 나타내는 말입니다.
(2) '결점'과 '단점'은 잘못되거나 부족하여 완전하지 못한 부분을 의미하는 말입니다.
(4) '싸잡다'는 '한꺼번에 어떤 범위 속에 포함되게 한다.'는 의미이며, '뭉뚱그리다'는 '여러 사실을 하나로 포괄한다.'는 뜻이기 때문에 바꾸어 쓰는 것이 가능합니다.

4 이 글은 편견에 대해 설명한 뒤, 편견이 어떤 점에서 나쁜지를 이야기합니다. 따라서 이 글의 생각에 동의하며 자신의 생각을 알맞게 말한 친구는 자신의 평소 언행을 돌아보는 예린이라고 할 수 있습니다.

자란다 문해력

84~85쪽

1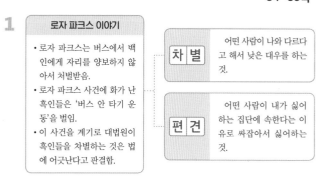

로자 파크스 이야기
• 로자 파크스는 버스에서 백인에게 자리를 양보하지 않아서 처벌받음.
• 로자 파크스 사건에 화가 난 흑인들은 '버스 안 타기 운동'을 벌임.
• 이 사건을 계기로 대법원이 흑인들을 차별하는 것은 법에 어긋난다고 판결함.

차별 : 어떤 사람이 나와 다르다고 해서 낮은 대우를 하는 것.

편견 : 어떤 사람이 내가 싫어하는 집단에 속한다는 이유로 싸잡아서 싫어하는 것.

2 (1) ○

3 **예시답안** 누군가의 권리를 무시하거나 누군가를 고립히는 일로 이어질 수 있기 때문이다. 또한 차별은 사람들을 싸잡아 말하는 편견에서 비롯되기 때문에 어리석은 행동이다.

채점 Tip
1) 차별에 대해 잘 이해하고 있는지 확인해 보아요.
2) 차별로 인해 발생할 수 있는 문제에 대해 적어 보는 것도 좋아요.
3) 차별의 핑계 중 하나인 편견에 대해 잘 이해하고 있는지 확인해 보아요.

4 (1) ㉡ (2) ㉢ (3) ㉣ (4) ㉠

5 (1) 차별 (2) 편견 (3) 권리 (4) 인종

6 집단
여러 사람이나 동물이 함께 모여 있는 것을 나타내는 '무리'는 '동물이나 사람이 많이 모여 이룬 무리.'를 뜻하는 '집단'과 뜻이 비슷합니다.

1 재래시장 나들이

86~87쪽

저녁에 먹을 생선과 과일을 사기 위해 '나'와 아빠는 재래시장으로 향했습니다. '나'와 아빠는 사람들로 북적이는 재래시장에서 떡집과 생선 가게를 방문했으며, 단골 과일 가게에서는 덤도 많이 받았습니다. '나'는 다음에 또 아빠와 재래시장에 오고 싶다고 생각했습니다.

> **1** 재래시장   **2** ②   **3** (1), (2)   **4** (1) ○

1 '나'는 재래시장에서 여러 가게를 방문하며 다양한 경험을 하고, 다음에 또 아빠와 재래시장에 오고 싶다고 생각합니다. 따라서 이 글은 '재래시장'에 대한 내용입니다.

2 나와 아빠는 떡집에서 간식으로 먹을 떡을 산 뒤, 생선 가게에서 신선한 고등어를 샀습니다. 그리고는 단골인 과일 가게에 가서 사과를 사고, 서비스로 귤도 받았습니다. 따라서 나와 아빠가 갔던 곳을 순서대로 알맞게 나열한 것은 ②입니다.

3 아빠는 나에게 시장에는 다양한 물건이 아주 많으며, 유통 거리가 짧아 싱싱하고 값도 싸다고 설명해 주었습니다. 또한 나는 재래시장에서 다양한 가게를 구경했습니다. 따라서 이 글에 나온 재래시장의 특징은 (1)과 (2)임을 알 수 있습니다.

4 이 글에는 '나'와 아빠가 재래시장에 가서 북적이는 사람들과 파는 물건들을 보고, 떡과 고등어, 사과를 사 가지고 온 이야기가 나타나 있습니다. 그리고 친절한 사람들이 참 많았다며 다음에 또 오고 싶다는 생각도 나타나 있습니다. 그러므로 이 내용과 관련하여 하고 싶은 일을 잘 말한 것은 (1)의 친구입니다.

2 시장과 가격

88~89쪽

시장은 생산자와 소비자를 연결해 주는 곳으로 마트, 재래시장, 백화점 등이 있습니다. 시장에서 파는 물건의 가격은 수요와 공급이 만나 결정되는데, 모든 시장에서 가격이 딱 정해진 것은 아닙니다. 예를 들어 재래시장에서는 손님이 흥정하여 물건값을 깎거나 덤을 요구하기도 합니다.

> **내용요약** 시장
> **1** ④   **2** ②   **3** 지현

1 이 글의 중심 내용은 시장에서 가격이 정해지는 요인은 무엇인지에 대한 것입니다. 따라서 이 글은 '시장에서 물건의 가격은 어떻게 정해질까요?'라는 질문에 대한 대답이라고 볼 수 있습니다.

오답풀이
① 1문단에 시장은 생산자와 소비자를 연결해 주는 곳이라는 설명이 나옵니다. 하지만 시장이 구체적으로 어떤 곳에 만들어지는지에 대한 설명은 나타나 있지 않습니다.
② 1문단에서 시장에는 옷이나 신발 같은 물건과 과일, 고기, 생선 같은 농수산물도 있다는 설명이 나옵니다. 하지만 이와 같은 물건이 어디에서 오는지에 대한 설명은 나타나 있지 않습니다.
③ 이 글에서 시장에서 일어나는 문제는 전혀 다루지 않아서 이 질문의 답을 알 수 없습니다.
⑤ 이 글에 시장에서 일하는 사람들의 힘든 점에 대한 설명은 나타나 있지 않습니다.

2 4문단을 통해 마트나 백화점은 정가가 정해져 있으며, 가격표도 붙어 있다는 것을 알 수 있습니다. 따라서 백화점은 정가가 정해져 있지 않다는 설명은 적절하지 않습니다.

3 수요는 많은데 공급이 적다는 것은 곧 어떤 물건을 원하는 사람들의 수에 비해 그 물건의 수가 적다는 것을 의미합니다. 따라서 이 경우에는 가격이 올라갑니다. 그런데 대화에서 지현이는 수요는 많은데 공급이 적어서 가격이 내려갔다고 이야기했으므로, 가격에 대해 잘못 이해하고 있습니다.

익힘학습 자란다▶문해력

90~91쪽

1

시장	시장의 가격	마트, 백화점, 재래시장의 가격
시장은 물건을 만드는 **생산자**와 물건을 사는 소비자를 연결해 주는 곳으로, 마트, 재래시장, 백화점 등이 있음.	**수요**보다 공급이 적으면 가격은 올라감. 반대로 수요가 **공급**보다 적으면 가격은 내려감.	• 마트, 백화점: 가격이 정해져 있음. • 재래시장: 가격이 정해져 있지 않음. 흥정하거나 덤으로 물건을 얻을 수 있음.

2 (2) ○

3 (예시답안) 물건의 가격이 정해지지 않은 경우가 많으며, 흥정하여 값을 깎거나 덤으로 물건을 얻을 수 있다.

(채점 Tip ▶)
1) 재래시장의 특징을 잘 이해하고 있는지 확인해 보아요.
2) 재래시장이 마트나 백화점과 다른 점을 잘 이해하고 있는지 확인해 보아요.
3) 재래시장에 방문해 물건을 싸게 샀던 경험이 있다면 써 보아도 좋아요.

4 (1) ㉣ (2) ㉡ (3) ㉠ (4) ㉢

5 덤

6 (1) 단골 (2) 상인

생각글 1 세상에서 제일 슬픈 채소?

92~93쪽

요리 교실에 참여한 아름이와 친구들은 피자를 만들기 위해 여러 채소를 손질하기 시작했습니다. 갑자기 양파를 손질하던 친구들이 훌쩍대기 시작했고, 선생님은 양파에 매운 기운이 있어서 그렇다고 설명해 주었습니다. 아름이 또한 양파를 썰며 눈물을 흘리게 됩니다.

1 (4), (3), (1), (2) **2** ㉣ **3** (3)

1 요리 교실에 간 아름이는 식탁에 놓인 재료를 보고 피자를 만들 것을 알아챘습니다. 양파를 손질하다 민수와 친구들은 눈이 매워서 훌쩍거리기 시작했습니다. 선생님은 눈물을 흘리는 아이들에게 양파에 매운 기운이 숨어 있다고 알려 주셨습니다. 양파를 썰기가 두려웠던 아름이도 용기를 내 양파를 썰고, 결국 눈물을 펑펑 흘렸습니다.

2 ㉣의 '따끔거리다'는 자꾸 따끔따끔 쏘는 느낌이 드는 통증과 관련된 말입니다. 그러므로 이 말이 촉각과 관련된 감각어라고 할 수 있습니다.

(오답풀이)
㉠ '보다'는 눈으로 보는 시각과 관련된 감각어입니다.
㉡ '시큼하다'는 맛과 관련된 표현이므로 미각과 관련된 감각어입니다.
㉢ '훌쩍대다'는 '훌쩍거리는 소리'를 나타내고 있으므로 청각과 관련된 감각어입니다.

3 선생님은 양파를 썰다가 눈물을 흘리는 이유로 양파에 매운 기운이 있어서 눈이 매운 것이라고 설명해 주었습니다. 따라서 친구들이 양파를 썰다가 눈물을 흘리는 이유로 알맞은 것은 (3)입니다.

기체는 멀리 퍼져

양파를 자르면 눈이 매운 이유는 양파 세포에 들어 있는 성분 때문입니다. 양파 속의 눈을 맵게 하는 성분이 기체로 변해서 멀리 퍼집니다. 이처럼 기체가 공기 중에 흩어져 멀리 퍼지는 현상을 '기체의 확산'이라고 합니다. 기체 속에는 활발하게 움직이는 작은 입자들이 있어서 멀리 퍼질 수 있습니다.

내용요약 기체

1 ③　　**2** 확산　　**3** ㉡

1 이 글의 2문단에 나온 양파 세포의 성분과 3문단에 나온 기체의 확산 현상을 바탕으로 양파를 썰면 눈물이 나는 이유를 알 수 있습니다.

2 **보기**의 첫 번째 상황은 하수구 냄새라는 기체가 퍼지는 현상이고, 두 번째 상황은 모기향의 기체가 퍼져서 모기가 죽는 현상입니다. 그리고 세 번째 상황은 향수의 기체 성분인 향기가 멀리 퍼지는 현상입니다. 이 세 가지 현상과 관련 있는 기체의 성질은 기체가 공기 중에 흩어져서 멀리 퍼지는 '확산'입니다.

3 ㉡은 절구에 마늘을 찧으면 눈을 맵게 하는 성분이 기체로 확산되어 눈물이 나는 것입니다.

배경지식

물의 상태 변화

　물은 고체인 얼음, 액체인 물, 그리고 기체인 수증기의 세 가지 상태로 존재할 수 있습니다. 물은 서로 다른 상태로 변할 수 있는데, 예를 들어 고체인 얼음은 녹아서 액체인 물이 될 수 있으며, 액체인 물은 기체 상태로 변해 공기 중으로 날아갈 수 있습니다. 이때 액체인 물이 기체인 수증기로 변하는 것을 증발이라고 하며, 이러한 증발 현상은 우리의 일상생활 속에서 다양하게 찾아볼 수 있습니다.

1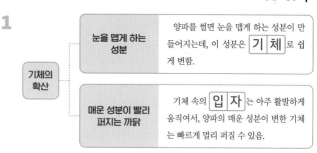

기체의 확산

눈을 맵게 하는 성분 — 양파를 썰면 눈을 맵게 하는 성분이 만들어지는데, 이 성분은 기체로 쉽게 변함.

매운 성분이 빨리 퍼지는 까닭 — 기체 속의 입자는 아주 활발하게 움직여서, 양파의 매운 성분이 변한 기체는 빠르게 멀리 퍼질 수 있음.

2 (2) ○　(3) ○

3 **예시답안** 경험한 적이 있다. 우리 집에서 생선을 구우면 집 전체에서 생선 냄새가 난다. 또 빵집 앞을 지날 때 고소한 빵 냄새를 맡은 적이 있다.

채점 Tip

1) 기체의 확산 현상에 대해 잘 이해하고 있는지 확인해 보아요.
2) 기체의 확산과 관련된 자신의 경험을 자세히 쓰면 좋아요.

4 (1) 확산　(2) 입자　(3) 기운　(4) 기체

5 (1) 세포　(2) 기운

6 확산
널리 번지거나 넓은 범위에 미치는 것을 나타내는 '퍼지다'는 '흩어져 널리 퍼지는 것.'을 뜻하는 '확산'과 뜻이 비슷합니다.

생각글 1 게임이 더 재미있어!

98~99쪽

도영이는 부모님 몰래 밤늦게까지 게임을 하다가 스마트폰과 게임기를 금지당합니다. 할아버지 집에 간 도영이는 텔레비전 뉴스를 보던 중 게임이 하고 싶어졌습니다. 그래서 뉴스 화면 속 아이를 게임의 캐릭터라고 상상하며 리모컨의 단추를 마구 눌렀다가 텔레비전의 큰 소리에 화들짝 놀랐습니다.

내용요약 게임
1 ④　　2 ㉠ (1), (3) ㉡ (2), (4)　　3 동하

1 뉴스를 보던 도영이는 '재미없어.'라고 혼잣말을 중얼거리다가 리모컨을 들고 화면 속 아이를 게임의 캐릭터라고 상상했습니다. 따라서 도영이가 리모컨 단추를 누른 까닭은 게임을 하고 싶어서입니다.

2 ㉠은 현실의 어딘가에 사는 진짜 사람으로, 도영이가 마음먹은 대로 조종할 수 없습니다. 이와 달리 ㉡은 진짜 사람이 아니라 만들어 낸 인물로, 도영이가 마음먹은 대로 조종할 수 있는 게임의 캐릭터입니다.

3 이 글의 도영이는 텔레비전 뉴스 화면을 보면서 자신이 게임을 하고 있다는 상상에 빠집니다. 따라서 게임이 너무 하고 싶어서 유튜브로 다른 사람이 게임을 하는 영상을 보았는데, 마치 자신이 게임을 하는 것처럼 빠져들었다는 동하가 도영이와 비슷한 경험을 했다고 볼 수 있습니다.

배경지식

게임 중독

게임 중독이란 게임을 과도하게 하여 일상생활에 지장이 생기는 것을 의미합니다. 2019년 세계보건기구(WHO)는 게임 중독을 '게임 사용 장애'라는 질병으로 분류하겠다고 발표했습니다. 하지만 게임 중독을 질병으로 분류하기에는 그 기준이 분명하지 않다는 의견도 있습니다. 이처럼 게임 중독에 대한 다양한 의견이 나오는 가운데, 우리에게 필요한 자세는 스스로가 일상생활에 지장이 생기지 않도록 게임을 잘 조절해서 즐기는 것입니다.

생각글 2 어린이를 위한 슬기로운 미디어 생활

100~101쪽

게임은 첨단 기술을 바탕으로 한 새로운 미디어입니다. 이러한 게임에는 여러 특징이 있습니다. 우선 각자의 상황과 개성에 따라 의미가 오고 가며, 게임에 참여한 사람들이 서로 영향을 주고받을 수 있고, 또 게임을 통해 새로운 효과를 만들어 낼 수 있습니다.

내용요약 미디어
1 ④　　2 3, 4　　3 ⑤

1 2문단에 게임은 각자의 상황과 개성에 따라 다른 의미가 오고 간다고 나와 있습니다. 즉 같은 게임을 하더라도 게임에서 벌어지는 사건은 당사자에게만 일어나는 특별한 경험입니다. 따라서 같은 게임을 하더라도 하는 사람마다 다른 경험을 하게 됩니다.

오답풀이

① 4문단에서 알 수 있듯이, 소설과 달리 게임은 내가 직접 사건에 참여해 이야기를 이끌어 나갈 수 있습니다.
② 1문단에서 게임이 첨단 기술을 바탕으로 한 새로운 미디어임을 밝히고 있습니다.
③ 3문단을 통해 게임에 참여한 사람들은 서로 영향을 주고받는다는 사실을 알 수 있습니다.
⑤ 2문단을 통해 게임에서 벌어지는 사건은 당사자에게만 일어나는 특별한 경험이라는 사실을 알 수 있습니다.

2 3문단에서는 '리그 오브 레전드'라는 게임을 예로 들어 게임에 참여한 사람들이 서로 영향을 주고받는다는 것을 설명하고 있습니다. 또한 4문단에서는 '마인크래프트'라는 게임을 예로 들어 게임을 통해 새로운 효과를 만들어 낼 수 있음을 설명하고 있습니다.

3 축구 경기는 11명이 한 팀을 이루지만, 선수마다 다른 플레이를 하며 상대방 팀의 플레이와 영향을 주고받으며 경기의 흐름이 결정됩니다. 특히 축구 감독은 경기를 직접 이끄는 역할을 하므로 '게임을 하는 사람'과 가장 비슷합니다.

자란다 문해력

102~103쪽

1

게임의 정의
첨단 기술을 바탕으로 한 새로운 미디어

게임의 특징 1	게임의 특징 2	게임의 특징 3
게임은 각자의 **상 황** 과 개성에 따라 다른 의미가 오고 감.	상대의 움직임에 대한 해석에 따라 내 움직임도 변화하므로 게임에 참여한 사람들끼리 서로 영향을 주고받음.	내가 직접 사건에 참여해야 이야기가 진행되므로 게임을 통해 새로운 **효 과** 를 만들어 냄.

2 (2) ○

3 (예시답안) 나에게만 일어나는 특별한 경험이기 때문이다. 또 게임을 하는 다른 사람과 영향을 주고받고, 내가 직접 게임에 참여할 수 있어서 흥미롭다. 특히 아이템을 얻거나 높은 점수를 기록하면 뿌듯함을 느낄 수 있다.

(채점 Tip)
1) 게임의 특징에 대해 잘 이해하고 있는지 확인해 보아요.
2) 게임을 하면서 느낀 점을 자유롭게 써도 좋아요.
3) 게임을 해 보지 않았다면, 게임에 대해 어떻게 생각하는지 써도 좋아요.

4 (1) ⓒ (2) ⓔ (3) ⊙ (4) ⓔ

5 (1) 참여 (2) 미디어 (3) 긴장감 (4) 플레이

6 (1) 캐릭터 (2) 긴장감

생각글 1 간서치 형제의 책 읽는 집

106~107쪽

형은 매일 아침 정해진 시간에 독서를 합니다. 그러나 책을 살 형편이 되지 않아 매번 종이를 사서 빌린 책의 내용을 베껴 씁니다. 동생은 그런 형을 안타까워하지만, 형은 오히려 책을 베껴 쓰면 그 내용을 통째로 마음속에 새길 수 있다고 말합니다.

1 ③	**2** ③	**3** (2)

1 형은 동생을 깨우며 아침 독서를 마치고 장 구경을 나가자고 합니다. 아침 독서를 꼭 해야 하냐는 동생의 불평에 형은 시간을 정해 놓고 책을 읽으면 책 읽기가 더욱 즐거워진다고 말합니다. 형은 동생이 정해진 시간에 독서하기를 바라서 동생을 깨운 것입니다.

2 ⊙은 사람에게 중요한 것은 먹고 사는 것이 아니라 가르침, 즉 '배움'이라는 뜻을 담고 있습니다. 그리고 **보기**는 선비라면 마땅히 책을 읽어야 함을 강조하고 있습니다. 따라서 ⊙과 **보기**에서 알 수 있는 교훈은 늘 책을 읽고 배우고 익혀야 한다는 것입니다.

3 **보기**에는 조선 시대의 선비 이덕무가 책을 빌려서 손으로 직접 쓰며 읽었다는 이야기가 나옵니다. 따라서 마음속 깊이 새겨지게 책을 읽으려면 책을 따라 써야겠다는 감상이 적절합니다.

(오답풀이)
(1) **보기**의 '책만 읽는 바보'는 책을 무척 좋아한다는 뜻을 담고 있는 표현입니다. 이것을 책을 좋아하면 바보가 된다고 해석하는 것은 적절하지 않습니다.

생각글 2 위인들의 책 읽기 방법

108~109쪽

옛날에는 책이 귀해서 아무나 책을 접할 수 없었지만, 그래도 책을 좋아하는 사람들이 많았습니다. 다산 정약용은 정독과 의미 있는 독서를 강조했으며, 퇴계 이황은 언제 어디서나 열심히 독서하고, 깊이 익히는 정독을 할 것을 당부했습니다. 이와 같은 방법들은 오늘날의 사람들에게도 도움이 되는 독서 방법입니다.

내용요약 정독, 점자

1 책 읽기　　2 (2) ○　　3 ④　　4 ㉰, ㉮

---

1 이 글은 다산 정약용과 퇴계 이황의 책 읽기 방법을 소개하고 있습니다. 이 글의 제목으로 알맞은 것은 '위인들의 책 읽기 방법'입니다.

2 정약용은 정독을 이야기하며 독서를 할 때 그 의미를 생각하며 읽어야 한다고 주장했습니다.

오답풀이
(1) 정약용은 책을 읽을 때 글자를 그저 보는 것이 아니라 그 의미를 생각해야 한다고 했습니다. 그래서 글자를 그저 빨리 읽기만 하는 것은 알맞은 독서 방법이 아닙니다.
(3) 정약용은 "수천 권의 책을 읽어도 그 뜻을 모르면 읽지 않은 것과 같다."라고 말하였습니다. 이로 보아, 그 뜻을 몰라도 수천 권을 책을 읽는 것은 알맞은 독서 방법이 아닙니다.

3 정약용은 책을 읽을 때 그 의미까지 생각하며 읽어야 한다고 했으며, 이황은 한 권의 책을 이해할 때까지 반복해서 읽어야 함을 강조했습니다. 따라서 정약용과 이황의 독서 방법에서 찾을 수 있는 공통점은 책을 꼼꼼하고 자세히 읽는다는 것입니다.

4 ㉰ 민희가 책을 읽다가 모르는 낱말이 나왔을 때, 그 의미를 찾아 가며 읽는 것은 정약용이 강조한 독서 방법을 실천한 예입니다.
㉮ 윤주가 언제 어디서든 책을 가지고 다니며 장소에 상관없이 책을 읽는 것은 언제 어디서나 열심히 독서할 것을 당부한 이황의 독서 방법을 실천한 예입니다.

110~111쪽

1

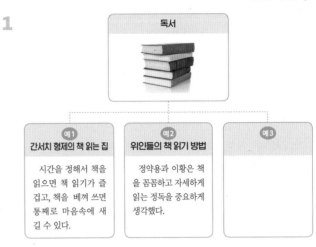

예시답안 책을 읽고 난 후, 책을 읽으면서 느낀 감상을 일기장에 정리해 놓는다.

2 (1) ○ (2) ○

3 **예시답안** 책을 꼼꼼하게 자세히 읽으면 책의 내용을 마음속에 새길 수 있기 때문이다. 앞으로 책을 꼼꼼하게 정독해서 읽을 것이다.

채점 Tip
1) 정독의 의미를 바르게 이해하고 있는지 확인해 보아요.
2) 제시된 것 외에 자신이 생각하는 정독이 중요한 이유가 있다면 적어 보아요.
3) 정독과 관련한 자신의 경험이나 앞으로의 다짐을 써 보는 것도 좋아요.

4 (1) ㉠ (2) ㉣ (3) ㉡ (4) ㉢

5 (1) 정독 (2) 독서광 (3) 유배 (4) 채비

6 당부
어떤 일을 해 달라고 청하고 맡기는 것을 나타내는 '부탁'은 '말로 단단히 부탁하는 것.'을 뜻하는 '당부'와 뜻이 비슷합니다.

25

발명으로 세상을 바꿀 수 있을까?

생각글 1 · 한글 점자의 발명

112~113쪽

점자는 종이 위에 볼록 튀어나온 점으로 여러 가지 글자를 나타낸 기호이며, 앞이 보이지 않는 사람들이 글을 읽기 위해 사용하는 것입니다. 1926년 박두성은 한글의 받침까지도 정확하게 나타낼 수 있는 한글 점자를 만들어 발표했습니다. 그리고 한글 점자의 이름을 훈민정음에서 따온 '훈맹정음'이라고 지었습니다.

내용요약 점자, 점자

1 ⑤   2 (1) ○ (4) ○   3 성진

1 이 글은 점자에 대해 소개한 뒤, 한글 점자에 대해 자세히 설명하고 있습니다. 따라서 글쓴이는 한글 점자를 만든 까닭과 그 의미를 알리기 위해 이 글을 썼다고 볼 수 있습니다.

2 (1) 1문단에 시각 장애인은 점자로 된 책을 손가락 끝으로 만지면서 글을 읽는다고 나와 있습니다.
   (4) 한글 점자를 만든 박두성이 그것을 세상에 알린 날이 11월 4일입니다. 그래서 지금까지도 11월 4일을 '한글 점자의 날'로 정해 기념하고 있습니다.

오답풀이

(2) 한글 점자는 종이 위에 볼록 튀어나온 점으로 손가락 끝으로 만지면서 읽습니다.
(3) 세계 최초로 점자를 발명한 사람은 프랑스의 루이 브라유로, 그는 1824년에 점자를 발명했습니다. 박두성 선생은 지금으로부터 약 100여 년 전에 한글 점자를 만들었습니다.

3 **보기**를 통해 세종 대왕이 백성들을 위해 훈민정음을 만들었음을 알 수 있습니다. 4문단에는 박두성이 한글 점자의 이름을 세종 대왕이 만든 훈민정음에서 따온 '훈맹정음'으로 지었다는 설명이 있습니다. 따라서 세종 대왕과 박두성 선생이 차별받는 사람들을 위해 한글과 점자를 발명했다는 성진이의 평가가 적절합니다.

생각글 2 · 유니버설 디자인

114~115쪽

유니버설 디자인이란 모든 사람이 편하게 쓸 수 있는 물건을 만드는 것입니다. 대표적인 예로 계단을 오르내리기 어려운 사람들을 위한 저상 버스가 있습니다. 또, 양손잡이용 가위, 인도 위의 점자 블록, 낮게 놓인 세면대 등도 유니버설 디자인을 이용한 제품입니다. 유니버설 디자인은 작은 관심에서 출발하여 세상을 바꾸는 발명입니다.

내용요약 평등

1 ⑤   2 (1) 저상 (2) 점자   3 ㉠

1 **2**문단에 유니버설 디자인이란 나이나 성별, 국적, 장애와 상관없이 누구나 쉽고 평등하게 쓸 수 있는 디자인을 의미한다고 나와 있습니다.

오답풀이

① **2**문단에서 유니버설 디자인은 누구나 쉽고 평등하게 쓸 수 있는 제품을 만드는 것이라 했으므로 다수를 위한 디자인입니다.
② 유니버설 디자인은 모든 사람이 편하게 쓸 수 있는 물건을 만드는 것이기 때문에, 이로 인해 보통 사람들이 차별받는다는 것은 적절하지 않습니다.
③ 유니버설 디자인은 어린이와 어른 모두 눈높이에 맞춘 디자인입니다.
④ 유니버설 디자인은 보통 사람과 몸이 약한 사람 모두를 위한 디자인입니다.

2 버스의 불편한 점을 유니버설 디자인을 이용하여 개선하여 만든 것은 '저상' 버스입니다. 그리고 눈이 안 보이는 사람들에게 방향을 알려 주기 위해 인도 위에 놓은 것은 '점자' 블록입니다.

3 ㉡은 지하철 손잡이가 어른들의 키에 맞게 설치되어 있던 과거와는 달리, 지금은 키 작은 사람들도 손잡이를 잡을 수 있도록 손잡이의 길이를 다르게 했음을 설명하고 있습니다. 따라서 모든 사람이 편하게 쓸 수 있는 물건을 만드는 유니버설 디자인의 예로 적절합니다.

자란다 문해력

116~117쪽

1

세상을 바꾼 발명
몸이 약하거나 불편한 사람도 편하게 쓸 수 있는 점자와 물건들이 발명되었다.

예1 한글 점자의 발명	예2 유니버설 디자인	예3
박두성은 우리나라 시각 장애인들을 위해 한글 점자인 '훈맹정음'을 발명했다.	모든 사람을 위한 유니버설 디자인으로 저상 버스, 양손잡이 가위 등을 발명했다.	

(예시답안) 횡단보도에 있는 음향 신호기는 앞이 보이지 않는 사람도 소리를 듣고 길을 건널 수 있도록 한 것이다.

2 (1) ○

3 **(예시답안)** 전기 / 어두웠던 세상을 환하게 밝혀 주었다. 또한 전기 덕분에 가정에서 다양한 가전제품을 쓸 수 있게 되어 우리의 생활은 더욱 편리해졌다.

(채점 Tip)
1) 우리 사회에 도움이 되는 발명에 대해 잘 이해하고 있는지 확인해 보아요.
2) 우리 사회에 도움이 된 발명의 예와 그 까닭을 적어도 좋아요.
3) 이 글에서 배운 점자와 유니버설 디자인을 예로 들어도 좋아요.

4 (1) ㉣ (2) ㉠ (3) ㉡ (4) ㉢

5 (1) 발명 (2) 평등

6 발명
힘써서 더 좋고 새롭게 만드는 것인 '개발'은 '지금까지 없던 새로운 기술이나 물건을 처음으로 생각하거나 만들어 내는 것.'을 뜻하는 '발명'과 뜻이 비슷합니다.

생각글 1 나의 첫 사막 여행

118~119쪽

가족들과 사막으로 여행을 간 '나'는 오아시스를 발견했지만, 가까이 다가가서 보니 아무것도 없었습니다. 엄마는 그것이 어떤 대상이 실제 위치가 아닌 다른 위치에서 보이는 신기루 현상이며, 빛이 다른 물질을 만나면 나아가는 방향이 바뀌어 꺾이는 빛의 굴절 때문이라고 설명해 주셨습니다.

(내용요약) 굴절
1 ③ **2** ② **3** (2)

1 2문단에서 신기루 현상이란 어떤 물체가 실제 위치가 아닌 다른 위치에서 보이는 것임을 알 수 있습니다. 따라서 물웅덩이가 고여 있는 것이 신기루 현상이라는 설명은 적절하지 않습니다.

(오답풀이)
① 2문단을 통해 사막에서 신기루 현상이 종종 나타나는 것을 알 수 있습니다.
② 신기루 현상이 일어난 까닭은 빛의 굴절 때문임을 3문단에서 확인할 수 있습니다.
④ 2문단을 통해 알 수 있듯이, 신기루 현상이란 물체가 실제의 위치가 아닌 다른 곳에서 보이는 것을 의미합니다.
⑤ 3문단을 통해 신기루 현상은 하늘의 모습이 모래 위에 나타나 오아시스처럼 보이는 것임을 알 수 있습니다.

2 신기루 오아시스를 본 나는 놀랍고 신기해서 오아시스가 있는 방향으로 뛰어갔습니다. 하지만 가까이 다가가서 보니 아무것도 없었고, 이때 나는 황당했다고 엄마에게 말합니다.

3 호수에 있는 물고기가 실제보다 더 커 보이는 까닭은 빛이 곧게 나아가다가 호수의 물 표면을 만나서 꺾이면서 물속의 물고기가 위쪽에 있는 것처럼 보이기 때문입니다. 이것은 빛의 굴절과 관련 있는 예로 볼 수 있습니다.

(오답풀이)
(1) 따뜻한 물이 든 컵에 떨어뜨린 물감이 더 빨리 퍼져 나가는 이유는 물속의 아주 작은 입자가 온도가 따뜻하면 더 빨리 움직이기 때문입니다. 온도가 낮을수록 입자는 더 천천히 움직입니다. 이것은 '액체의 확산'과 관련 있는 예입니다.

빛의 굴절

120~121쪽

볼록 렌즈와 오목 렌즈는 빛의 굴절을 이용해 만들어진 것입니다. 볼록 렌즈는 빛을 가운데 쪽으로 굴절시켜 한 점으로 모으기 때문에 작은 것이 크게 보이게 됩니다. 볼록 렌즈를 활용한 물건으로는 돋보기, 망원경, 현미경이 있습니다. 오목 렌즈는 빛을 바깥쪽으로 굴절시켜 퍼지게 하기 때문에 실제보다 작고 똑바로 보이게 됩니다. 오목 렌즈를 활용한 물건으로는 근시용 안경이 있습니다.

내용요약 볼록, 오목
1 (3) ○ (4) ○   2 (1) ㉡ (2) ㉠ (3) ㉠   3 ㉣

1 (3) 가운데 부분이 양쪽 끝보다 더 두꺼운 볼록 렌즈는 빛을 안쪽으로 굴절시켜 한 점으로 모으게 됩니다.
  (4) 오목 렌즈는 가운데 부분보다 양쪽 끝이 더 두꺼운 것으로, 빛은 이러한 오목 렌즈를 통과하면 바깥쪽으로 꺾입니다.

오답풀이
(1) 돋보기는 어떤 물체를 실제보다 크게 보기 위해 사용하는 도구입니다. 따라서 작은 것을 크게 볼 때 사용하는 볼록 렌즈를 사용해야 합니다.
(2) 오목 렌즈로 물체를 보면 실제보다 작고 똑바로 보입니다. 반대로 작은 물체를 크게 보기 위해서는 볼록 렌즈를 활용해야 합니다.

2 (1) 멀리 있는 것을 잘 보지 못하는 사람들이 시력을 바로잡기 위해 사용하는 근시용 안경은 오목 렌즈를 활용한 제품입니다.
  (2) 눈으로 볼 수 없는 작은 것을 보는 현미경은 볼록 렌즈를 활용한 도구입니다.
  (3) 멀리 있는 것을 보는 망원경은 볼록 렌즈를 활용한 도구입니다.

3 **보기**의 대화를 통해 민지가 근시용 안경을 맞춰야 하는 상황이라는 것을 알 수 있습니다. 근시용 안경은 가운데 부분보다 가장자리가 더 두꺼운 오목 렌즈를 활용한 것으로, 멀리 있는 것을 잘 볼 수 있도록 시력을 바로잡는 역할을 합니다. 따라서 새로 맞출 안경의 가운데 부분이 가장자리보다 두껍게 만들어질 것이라고 예상한 민지의 말은 알맞지 않습니다.

122~123쪽

1

빛의 굴 절 현상
빛이 곧게 나아가다가 다른 물질을 만나면 방향이 바뀌어 꺾이는 현상

신기루 현상	볼 록 렌즈	오 목 렌즈
물체가 실제 위치가 아닌 다른 곳에 있는 것처럼 보임. 예 사막의 오아시스	가운데 부분이 볼록한 렌즈로, 나란히 들어오는 빛을 가운데 쪽으로 굴절시켜 한 점으로 모이게 함.	가장자리가 볼록한 렌즈로, 나란히 들어오는 빛을 바깥쪽으로 굴절시키며 퍼지게 함.

2 (2) ○

3 예시답안 개울의 물이 실제 깊이보다 얕게 보이는 것이 있다. 여름에 개울에서 발을 담갔다가 보이는 것보다 물이 깊어서 깜짝 놀랐다.

채점 Tip
1) 굴절 현상에 대해 잘 이해하고 있는지 확인해 보아요.
2) 굴절 현상의 예에는 어떤 것들이 있는지 써 보아요.
3) 굴절 현상과 관련된 자신의 경험이 있다면 써 보아도 좋아요.

4 (1) ㉡ (2) ㉠ (3) ㉢ (4) ㉣

5 (1) 신기루 (2) 현상

6 현상
실제로 일어났거나 일어나고 있는 일인 '사실'은 '실제로 나타나 보이는 사물의 모양이나 상태.'를 뜻하는 '현상'과 뜻이 비슷합니다.

수도꼭지 잠가!

124~125쪽

민준이는 과학 시간에 선생님께 지구에 물이 부족한 이유를 여쭤보 았습니다. 선생님께서는 인구가 갑자기 늘어나 물 사용량이 늘고, 무리한 개발로 환경이 파괴되어 지구가 사막처럼 변했기 때문에 물이 부족해졌다고 설명해 주셨습니다. 민준이는 선생님의 말씀을 듣고 일상생활에서 물을 아껴 쓰기 시작했습니다.

내용요약 물
1 물의 부족　　**2** ④　　**3** ㉮, ㉰　　**4** ②

1 민준이는 과학 시간에 물의 순환과 지구에 물이 부족해진 까닭, 물 부족과 관련된 몇 가지 예, 그리고 물 부족을 해결하기 위한 방법을 배우고 나서 물을 아껴 쓰게 됩니다. 따라서 이 글에서 말하려고 하는 것은 '물의 부족'입니다.

2 민준이는 평소에 이를 닦을 때 수도꼭지를 틀어 놓았습니다. 학교에서 물 부족에 대해 배운 이후 수도꼭지를 잠그고 양치 컵을 사용하기 시작했습니다.

오답풀이
① 앞부분에서 민준이가 과학 시간을 좋아한다는 것을 알 수 있습니다.
② 민준이는 과학 시간에 지구의 물이 계속 상태가 변하면서 순환한다는 것을 배웠습니다.
③ 선생님은 지구 전체의 물의 양은 옛날이나 지금이나 거의 같다고 말했습니다.
⑤ 선생님은 남아프리카 공화국의 수도 케이프타운이 심한 가뭄으로 늘 물 부족을 겪고 있다고 말했습니다.

3 평소에 씻을 때 낭비되던 물을 절약하기 위한 방법에 해당하는 ㉮와 ㉰가 ㉠의 예로 알맞습니다.

4 이 글을 통해 물 부족의 심각성에 대해 배우고, 이러한 물 부족을 해결하기 위해 일상생활에서 물을 아껴 써야 함을 알 수 있습니다. 따라서 앞으로 양치할 때 양치 컵을 꼭 사용하겠다는 다짐이 이 글을 읽은 후의 반응으로 가장 적절합니다.

사막처럼 변한 지구

126~127쪽

전 세계의 인구 증가, 지나친 방목과 벌목, 농약과 비료의 사용으로 인한 땅의 오염, 지구 온난화와 같은 기후 변화 때문에 지구의 땅이 사막처럼 변하고 있습니다. 이를 막기 위해 지나친 개발을 멈추고, 나무를 많이 심고, 지구 온난화의 원인인 이산화 탄소를 줄여야 합니다.

내용요약 사막
1 (2) ○ (4) ○　　**2** ③　　**3** ㉢

1 (2) 지구의 땅이 사막처럼 변한 까닭은 **2**~**5**문단을 통해 알 수 있습니다.
(4) 지구의 땅이 사막으로 바뀌는 것을 막을 방법은 **6**문단을 통해 알 수 있습니다.

2 **보기**는 중국의 땅이 사막처럼 변한 현상을 설명하고 있습니다. 중국은 방목으로 인해 땅이 사막처럼 변했고, 그로 인해 우리나라도 황사 피해를 보게 되었습니다. 이러한 내용은 **3**문단의 지나친 방목으로 인한 피해에 대한 내용과 관련이 있습니다.

3 **6**문단을 통해 지구의 사막화를 막을 방법을 알 수 있습니다. 그중 지나친 개발을 멈추고 나무를 많이 심어야 한다는 방법이 언급되므로, **보기**에서 고를 수 있는 알맞은 방법은 ㉢입니다.

오답풀이
㉠ 일회용품을 사용하는 것은 지구 온난화의 원인인 이산화 탄소를 증가시키므로 옳지 않습니다.
㉡ 이산화 탄소를 줄이기 위해서는 승용차 대신 대중교통을 이용해야 합니다.
㉣ 사용하지 않는 가전제품의 플러그를 뽑아 에너지를 절약하는 것이 이산화 탄소 줄이기에 도움이 됩니다.

배경지식

탄소 발자국
　탄소 발자국이란 사람의 활동이나 상품의 생산과 소비의 모든 과정에서 배출되는 이산화 탄소 전체의 양을 말합니다. 탄소 발자국은 우리가 심어야 하는 나무 수와 같은 방식으로 나타냅니다. 탄소 발자국이 많이 남을수록 더 많은 이산화 탄소가 배출되고 있다는 뜻이므로 줄일수록 환경에 더 좋습니다.

1

물 부족 문제
세계 인구 약 80억 명 중에서 약 20억 명이 식수를 구하는 데 어려움을 겪고 있음.

물이 부족한 이유	물 부족을 해결할 방법
• 세계의 인 구 가 갑자기 늘어나서 물 사용량이 늘었기 때문임. • 무리한 개발로 환경이 파괴되어 지구의 땅이 사막처럼 변했기 때문임.	• 지나친 개발을 멈추고 나 무 를 많이 심어야 함. • 지구 온난화의 원인인 이 산 화 탄 소 를 줄여야 함.

2 (1) ○

3 (예시답안) 전 세계의 인구가 많아지고, 무리한 개발로 환경이 파괴되어 지구가 사막처럼 변했기 때문이다. 물 부족을 해결하기 위해서 나는 세면대에 물을 받아서 세수를 할 것이다.

(채점 Tip)
1) 물 부족 현상에 대해 잘 이해하고 있는지 확인해 보아요.
2) 물 부족 문제를 해결하기 위한 여러 가지 방법들을 제시하는 것도 좋아요.
3) 물 부족을 해결하기 위한 자신의 경험이나 앞으로의 다짐이 있다면 적어 보아요.

4 (1) 순환 (2) 인구 (3) 온난화 (4) 개발

5 (1) 사막 (2) 벌목

6 (1) 순환 (2) 온난화

생각글 1 **빠져나간 내 정보**

130~131쪽

한별이는 학교 앞에서 학습지를 파는 사람에게 이름, 학년, 반, 부모님 전화번호를 적어 주고 팽이를 받아 왔습니다. 며칠 뒤, 광고 전화에 시달리던 엄마는 한별이의 실수로 개인 정보가 유출됐음을 알게 되었습니다. 엄마는 한별이에게 개인 정보의 의미를 알려 주고, 한별이는 앞으로 개인 정보를 소중히 여기겠다고 다짐합니다.

내용요약 개인 정보
1 (2) **2** ③ **3** (1), (2) **4** (2)

1 이 글의 주제는 개인 정보 보호의 중요성입니다. 한별이가 학습지 회사 사람에게 개인 정보를 알려 주는 장면은 개인 정보의 유출 문제로 이어지기 때문에 이 장면이 가장 중심이 됩니다.

2 한별이가 학습지 회사 사람에게 개인 정보를 알려 준 뒤, 한별이와 한별이 엄마의 개인 정보가 빠져나갔습니다. 그래서 엄마의 휴대 전화로 수많은 광고 전화가 걸려 오게 되었습니다.

3 엄마는 한별이에게 개인 정보는 그 사람에 대한 소중한 정보이며, 남한테 알려 주면 안 된다고 설명해 주었습니다. 따라서 **보기** 중에서 개인 정보에 해당하는 것은 나에 대한 소중한 정보인 내 주민 등록 번호와 편지에 적힌 우리 집 주소라고 할 수 있습니다.

4 ㉠은 개인 정보가 여기저기 유출된 상황을 나타냅니다. 이와 비슷한 상황으로는 모르는 번호로 온 전화를 받아 내 이메일 주소를 알려 준 뒤, 수많은 광고 이메일을 받게 된 (2)가 적절합니다.

(오답풀이)
(1) 학교 담임 선생님께 부모님의 성함과 전화번호를 알려 드리는 것은 공적인 관계에서 꼭 필요한 정보를 알려 드린 것입니다. 따라서 개인 정보 유출이라는 상황과 비슷하다고 할 수 없습니다.
(3) 우리 집에서 여는 나의 생일 잔치에 친구들을 초대하기 위해서는 초대장에 내 생일 날짜와 집 주소를 적어야 합니다. 그러므로 이 상황은 개인 정보 유출과 관련이 없습니다.

132~133쪽

134~135쪽

살아 있는 한 사람에 관한 고유한 정보인 개인 정보는 여러 곳에 두루 쓰이고 있습니다. 그런데 인터넷 가입 정보, 택배 상자의 주소, SNS에 올린 사진 등을 통해 개인 정보가 빠져나가면 범죄에 이용되어 안전과 재산에 큰 피해를 줄 수 있습니다. 소중한 개인 정보를 지키기 위해 개인 정보를 함부로 알려 주지 말고, 인터넷에서 이용하는 아이디와 비밀번호를 안전하게 지키고, 개인 정보가 적힌 종이는 찢어서 버려야 합니다.

내용요약 사람

1 개인 정보   2 ④   3 ㉠, ㉡   4 (2) ○

1 이 글은 개인 정보의 의미를 설명한 뒤, 개인 정보의 유출과 관련된 문제에 관해 이야기하고, 개인 정보를 보호하기 위한 방법을 알려 주고 있습니다. 따라서 이 글에서 가장 핵심이 되는 말은 개인 정보입니다.

2 이 글에서는 개인 정보 보호법에 관한 내용을 찾아볼 수 없습니다.

오답풀이

① 1문단에서 개인 정보의 의미를 확인할 수 있습니다.
② 이 글에서는 개인 정보의 다양한 예시를 확인할 수 있습니다.
③ 2문단에서 개인 정보가 유출되는 예를 알 수 있습니다.
⑤ 3, 4문단에서 개인 정보를 지키는 방법에 대해 알 수 있습니다.

3 개인 정보란 살아 있는 한 사람에 관한 고유한 정보를 뜻하며, 그 예로는 이름과 생년월일 등이 있습니다. 따라서 한 사람의 고유한 번호인 주민 등록 번호와 나의 이름이 개인 정보에 해당한다고 볼 수 있습니다.

4 3문단과 4문단의 내용은 개인 정보를 지키는 방법에 관한 것입니다. 모두 우리가 일상생활에서 주의를 기울여야 할 내용들이므로 이 글을 바르게 이해한 것은 (2)입니다.

1

개 인 정보

개인 정보의 의미	개인 정보의 종류	개인 정보 유출 원인
그 **사 람** 이 누구인지 알 수 있는, 살아 있는 한 사람에 관한 고유한 정보	• 이름, 생년월일, 주민 등록 번호 • 더 넓게는 키, 몸무게, 주소, 가족 관계, 학교, 전화번호 등의 정보	• 인터넷 사이트에 가입할 때 쓴 개인 정보가 빠져나가서 • 개인 정보가 적힌 우편물을 그냥 버려서 • SNS에 개인 정보가 담긴 사진을 올려서

2 (3) ○ (4) ○

3 **예시답안** 나의 소중한 정보를 담고 있는 개인 정보가 유출되면 나쁜 일에 쓰일 수 있기 때문이다. 앞으로 다른 사람에게 개인 정보를 함부로 알려 주지 말아야겠다.

채점 Tip

1) 개인 정보의 의미를 잘 이해하고 있는지 확인해 보아요.
2) 개인 정보 유출의 문제점에는 어떤 것이 있는지 써 보아요.
3) 개인 정보를 지키는 방법을 한 가지 적어 보아요.

4 (1) ㉣ (2) ㉡ (3) ㉠ (4) ㉢

5 (1) 고유하다 (2) 정보 (3) 가입 (4) 유출

6 (1) 범죄 (2) 정보

"
하나의 생각주제로
연결된 2개의 생각글을 읽으면
생각이 자란다곰~~
"

달곰한 문해력 초등독해

학년별 시리즈 안내

추천 학년	단계	생각주제 영역
초 1~2학년	1단계	생활, 언어, 사회, 역사, 과학, 예술, 매체
	2단계	
초 3~4학년	3단계 Ⓐ	인문, 사회, 역사, 경제, 과학, 환경, 예술, 미디어
	3단계 Ⓑ	
	4단계 Ⓐ	
	4단계 Ⓑ	
초 5~6학년	5단계 Ⓐ	인문, 사회, 역사, 경제, 과학, 예술, 고전, IT
	5단계 Ⓑ	
	6단계 Ⓐ	
	6단계 Ⓑ